KB137339

이제 다시는 만들어질 수 없을 최고의 국가대표팀

마지막 국가대표

김은식 야구팩션

bs
브레인스토어

이제 다시는 만들어질 수 없을 최고의 국가대표팀

마지막
국가대표

초판 1쇄 펴낸 날   2012. 11. 16

지은이   김은식
발행인   홍정우

책임편집   이민영
디자인   NO9BOOK
마케팅   정다운, 한대혁
발행처   브레인스토어
등록   2007년 11월 30일(제2007-000238호)
주소   (121-894)서울시 마포구 서교동 381-36 1층
전화   (02)3275-2915~7
팩스   (02)3275-2918
이메일   brainstore@chol.com

ISBN 978-89-94194-33-2 (03810)

값은 뒤표지에 있습니다.
잘못 만들어진 책은 구입하신 서점에서 바꾸어 드립니다.

마지막
국가대표

1982년의 어느 날

'노림수를 쓰라'고 조언하면 젊은 선수들은 종종 거부감을 드러내곤 했다. 어릴 때부터 야구 하나만을 해온 순수한 선수들은 그 말에서 뭔가 좋지 않은 일을 한다는 듯한 느낌을 받았기 때문이다. 그래서 나는 '노림수'라는 말을 버리고 '승부를 걸어라'라고 말했다. 그랬더니 선수들은 그제야 '승부? 좋아. 한번 해보자'라고 덤벼들기 시작했다.

- 노무라 다쓰야

1

　"이 전무. 아니 이 총장. 다른 사람도 아니고 야구계 앞뒤 사정 뻔히 다 아는 사람이 어떻게 이럴 수가 있어요. 선수들을 다 프로로 데려가 버리면 선수권대회는 누굴 데리고 치르라는 얘깁니까?"

　임광정 야구협회장은 속이 탔다. 하지만 몇 해 전까지만 해도 임광정 회장의 휘하에서 야구협회 실무를 담당하던 이용일의 고개는 빳빳했다. 이제 대한야구협회 전무가 아닌 한국프로야구위원회[1]의 사무총장 자격으로 테이블에 마주 앉은 그의 뒤에는 '대통령 각하의 뜻'

---

1) 원래 '한국프로야구위원회(KPBO)'로 출범했다가 얼마 후 '한국야구위원회(KBO)'로 명칭을 바꾸었다.

이라는 어마어마한 후광이 있었고, 협상을 중재하러 왔다는 이상주 청와대 교육문화수석비서관은 사실상 그 후광의 한 줄기나 다름이 없었다.

"지난번에 니카라과 슈퍼월드컵에서 처음으로 국제대회 우승 한 번 했고, 이제 진짜 큰 대회에서 제대로 세계 제패를 해볼 절호의 기회잖아. 그동안 있는 선수 없는 선수 총동원하고 짜냈어도 세계선수권대회에서는 우승을 한 적이 한 번도 없는 거 잘 알잖아요. 그런데 하필 딱 요런 시기에 똘똘한 선수들을 몽땅 프로팀으로 데려가 버리면 도대체 국가대표팀을 어떻게 꾸리라는 겁니까? 그러니까 영영 안 된다는 것도 아니고, 올 한 해만 기다려줘요. 국가대표팀 하나 구성할 만큼만 먼저 선발하고 나서 프로야구는 그 나머지 선수들 데리고 딱 한 해만 치르자구요."

하지만 이용일 사무총장은 표정에 조그만 흔들림도 없이 맞받았다.

"회장님. 다 압니다. 제가 왜 그 사정을 모르겠습니까. 그동안 다

제가 맡아서 총괄했던 일인 걸요. 하지만 프로야구가 뭡니까. 대통령 각하께서 지금 국민대통합과 건전사회 구현이라는 국가적인 과제를 위해 최우선시하고 주력하시는 사업 아니겠습니까? 이건 단순한 야구나 스포츠 이야기에 그치는 게 아니라는 얘기지요. 만약에 주력 선수들을 다 빼놓고 출범을 해가지고 이 프로야구에서 매 경기마다 형편없는 내용이 전개가 되고, 그래서 국민들 비웃음을 사고, 한다고 해 보십시오. 그러면 그게 다 대통령 각하를 우스갯거리로 만들고 국가적인 과제를 망가뜨리는 일이 되지 않겠느냐 그 말씀입니다."

이용일 총장은 준비라도 해둔 듯 거침없이 말을 줄줄 쏟아놓았다.

"회장님. 거기다가 어차피 지금 당장 프로로 올 수 없는 대학생이라든가 군인 선수들 중에 훌륭한 선수들이 많이 있습니다. 우선 지금 우리나라 최고의 투수와 타자가 누굽니까? 김시진이랑 장효조 아니겠습니까? 그런데 그 친구들이 다 지금 경리단[2]에서 군복을 입고 있

---

2) 육군과 공군이 각각 야구팀을 운영하며 실업리그에 참가했는데, 육군은 '경리단', 공군은 '성무'팀이었다.

어요. 또 대학생 중에서도 고려대에 있는 김정수, 선동열, 박노준이, 또 인하대 오영일, 김진우 같은 친구들이 충분히 국가대표로 뽑힐 수 있는 실력이 된다는 말씀입니다. 물론 뭐 경험이 부족하다보니 조금 서툰 면은 있겠습니다만, 그런 선수들이 또 이번 대회를 통해 성장을 하고 또 좀 더 다듬어지고 그러면서 이 기회에 세대교체를 이루는 것도 크게 보면 야구 발전에 도움이 되는 거 아니겠습니까?"

단단한 벽에 부딪힌 느낌이었다. 이용일 사무총장을 설득해서 뭔가 상황을 바꾼다는 것이 불가능한 일이라는 걸 직감한 임광정 회장은 이상주 수석 쪽으로 무릎을 조금 틀었다. 의자가 조금 끌리며 무심한 마찰음을 냈다.

"이 수석님. 이게 그야말로 우리나라에서 치르는 단군 이래 최대의 국제행사라는 것을 잘 아시지 않습니까? 그래서 이번 대회에서 좋은 성적을 거두어서 세계인들 앞에 대한민국의 이름을 떨치는 것이 그 어느 때보다도 중요하다는 것도 잘 아시지 않습니까? 그런데 선수들을 다 프로로 보내버리면 무슨 수로 좋은 성적을 만듭니까? 이 총장은 세대교체를 해야 한다고 하지만, 큰 대회일수록 경험이 중요한 법인데 이런 중요한 대회를 앞두고 갑자기 세대교체를 할 수야 있겠습니까. 더구나 아직까지는 우리나라 선수층이 두텁지 못해서 1진 선수들하고 2진 선수들 사이의 기량차가 상당히 큽니다. 1진 선수들 일고여덟에 2진 신예 선수들 두셋 정도 꼴로 섞어서 데려가야 무리 없이 세대교체가 되는 법인데, 1진들은 다 프로로 보내놓고 나머지로 대표팀을 꾸리다보면 우리나라만 2진 선수들 데리고 나가서 다른 나라 1진 선수들을 만나는 격이 돼버린다는 말씀입니다. 그러면 우승을 해서 국위를 선양하는 게 아니라 꼴찌를 해서 나라 망신을 시키지나 않을까 걱정을 해야 합니다. 이 수석님. 이 점을 좀 깊이 헤아려 주셔야 합니다."

임광정 회장의 목소리는 애절했다. 하지만 이상주 수석의 목소리는 차분했다.

"알지요. 임 회장님. 저도 잘 알고 있습니다. 이번 대회가 얼마나 중요합니까. 그래서 정부에서 수백억 원을 들여서 3만 석짜리 야구장도 새로 짓고 한 것이지요. 그리고 프로야구도 출범을 하게 되니까, 물론 선수 선발에 있어서 다소간… 어려움이 있겠지요. 하지만 꼭 그렇게 악재들만 있는 건 또 아니지 않습니까. 이번에는 공교롭게도 그 제일 세다는 쿠바도 출전을 하지 않는다면서요. 그래서 야구계 안팎의 분들이 이번에는 그야말로 우승을 노려볼 만한 기회라고들 하더군요. 그러니까 회장님께서도 부정적인 측면만 보시면서 그저 안 된다, 불가능하다고만 하지 마시고, 긍정적인 면도 함께 고려를 좀 해주시면서… 어려운 조건들도 뚫고 극복해내는 의지를 보여주셔야지요. 지금 세계대회 우승과 프로야구의 성공적인 출범이라는 두 가지 중차대한 과제를 우리가 서로 나누고 돕고 하면서 함께 이루어가야 할 중요한 시기에 서로 저 쪽 자산 가져다가 내 것 먼저 이루겠다고만 하시면 일이 제대로 될 수가 있겠습니까? 그래서 프로와 아마 양쪽으로 이 야구계에 엄청난 지원을 하고 계신 대통령 각하를 실망시켜드려서야 되겠습니까? 원래 각하께서 육군사관학교 축구선수 출신이라는 건 잘 아실 겁니다. 그런 각하께서 이렇게 야구에 두루 관심을 두시고 집중적인 지원을 하시는 이유가 무엇인지 두 분께서 잘 살피고 새겨주셔야 합니다. 지금 각하께서 이 야구계에 거시는 기대가 엄청나다는 것이지요. 이게 어찌 보면… 이 야구계에 엄청난 기회가 주어진 것인데, 우리가 이걸 그냥 흘려버려서는 안 되지 않겠습니까."

이상주 수석의 목소리는 나지막하고 차분했다. 하지만 내용은 무거웠다. 듣기에 따라서는 협박으로 느낄 수도 있었다. 정권을 놓고 서울 시내 한복판에서 총격전이 벌어지고, 또 정권에 저항한 광주라는 도시 전체를 상대로 특수부대와 전차와 헬기까지 동원한 전쟁이 벌어진 지 1년밖에 되지 않은 시기였다. 그리고 그 모든 일을 주도하고 결국 승리해낸 이가 바로 그 대화에 등장하는 '각하'였다. 그러니만큼, 그 시절에 '대통령 각하를 실망시키지 말라'는 말보다 더 서늘한 경고는 있을 수 없었기 때문이다.

이상주 수석이 말을 이었다.

"자, 자. 두 분, 이렇게 합시다. 야구라는 게 기본적으로 아홉 명이 하는 운동이 아니겠습니까? 물론 후보 선수들이 잘 받쳐줘야 하겠지만, 일단 아홉 명의 주전 선수들이 틀을 잘 만들면, 아직 시간도 1년 가까이 남아 있으니까 나머지 선수들을 다듬어서 전반적인 팀의 수준을 끌어올리는 건 훌륭하신 지도자분들과 고참 선수들이 충분히 해주실 수 있다고 봅니다. 그러니까 국가대표팀에 아홉 명 정도를 먼저 양보하고, 나머지 선수들은 자유의지에 따라 프로건 국가대표건 스스로 진로를 선택할 수 있도록 하는 것이 어떻겠습니까? 물론 국가대표팀에 선발된 선수들에게는 협회 차원에서 적절한 보상이 주어져야겠습니다만 말이지요. 저도 나름대로 안팎으로 많은 전문가들이나 체육계 분들에게 자문도 구하고 의견을 들어보면서 연구를 해봤는데, 이게 가장 합리적인 대안이 아닐까 싶습니다. 뭐, 두 분 생각은 어떠십니까?"

임광정 회장의 주장은 국가대표팀 선수들을 먼저 선발한 후 그 나머지 선수들을 대상으로 프로야구 선수들을 선발하도록 해달라는 것이었다. 그렇게 된다면, 군인팀을 비롯한 실업팀과 대학팀에 소속된 선수들 중에 선발될 선수들이 다섯 명 정도 된다고 치고 프로야구 선발대상 선수들 중에서 대략 20여 명을 먼저 국가대표팀으로 차출하는 셈이 될 것이었다. 하지만 이상주 수석이 제시한 숫자는 9였다. 이제 추상적인 명분과 당위의 엇갈림은 숫자의 문제로 넘어가고 있었다.

"아홉 명은 너무 적습니다. 야구가 아홉 명이 하는 운동이라고는 해도 아홉 명만 가지고 한 경기를 치러내는 경우는 없습니다. 투수교체도 해야죠, 또 대타도 내야죠, 때에 따라서는 부상을 당한 선수를 교체해줘야 하기도 합니다. 더구나 국제대회에서는 열흘 이상 거의 매일 경기를 치르다시피 하게 되기 때문에 후보 선수라고 해서 구경만 하고 있는 경우가 없습니다. 물론 한 열다섯 명쯤만 확보가 된다면 나머지 선수들은 어떻게든 가르쳐가면서라도 해봐달라고 감독에게 부탁을 해볼 수 있겠습니다만….”

그러자 이상주 수석이 곧바로 자르고 들어왔다.

“자, 임 회장님. 우리가 지금 서로 자기 입장을 중심에 놓고 흥정을 하자는 게 아닙니다. 그렇죠? 이미 프로야구 출범은 기정사실이 됐습니다. 선수들한테 국가대표를 하겠느냐, 프로선수를 하겠느냐 하고 묻는다면 어느 쪽을 선택하겠습니까? 또 아무리 우리가 국가 대사를 준비하고 있다고 해도 자유민주주의를 수호하는 우리 정부에서 선수들의 자유의지에 따른 선택을 가로막을 수가 있습니까? 자, 회장님. 지금 상황은 프로하고 아마하고 서로 하나를 줄까 두 개를 줄까 흥정을 하는 상황이 아닙니다. 오히려 다들 프로야구로 넘어가겠다고 할 가능성이 매우 높은 상황에서 어떻게 하면 최소한이라도 국가대표팀 전력을 유지를 하고 강화를 할 수 있도록 우리가 특별한 대책을 마련할 것인가 하는 것이 이 자리의 목적인 것이지요."

홍정할 생각을 말라. 막 홍정을 시작하려던 임광정 회장의 발목을
세게 걷어차는 한마디였다. 임광정 회장의 귀에는 이상주 수석의 고
상한 단어들이 '당신에게는 선택권이 없으니, 주는 대로 받아라'는 싸
늘한 협박으로 들렸다.

별 수 없었다. 선수선발에 얽힌 사연 같은 건 밖에서 보기에 크게
드러나는 변명거리가 될 수 없었다. 반면 수백 억짜리 신축 야구장이
라든가 하는 것은 눈에 확 띄는 기호였다. 임광정 회장은, 자칫 잘못
하다가는 신축 야구장을 비롯한 역대 최고 수준의 정부 지원에도 불
구하고 자국에서 개최되는 대회에서 최악의 성적을 낸 책임을 혼자
뒤집어쓰게 될지도 모른다는 낭패감에 빠져 있었다.

바로 한 해 전, 프로축구의 출범이 가능하겠느냐는 청와대의 하문
(下問)에 '150억 원 정도의 국고지원만 있다면 가능하다'는 답을 올렸
다가 '개념 없는 사람'이라는 불호령을 들었던 최순영 축구협회장의
일을 임광정 회장은 누구보다도 잘 알고 있었다. 그 때 임광정 회장
역시 '다소 시기상조'라는 보고를 올렸던 것이 '별도의 국고 지원 없
이도 가능하다'는 저돌적인 보고서를 올린 야구협회의 전임 전무 이

용일, 이호헌에게 프로야구 창설의 주도권을 빼앗기고 지금 이런 수세에 처하게 된 계기였기 때문이다. 선수가 부족해서 대회를 그르쳤다는 변명은 국민들도, 대통령도 받아들일 리가 없는 것이었다. 대통령은 아직은 정치인이라기보다는 군인에 가까웠다. 그가 신봉하는 가치는 '절충과 타협'이 아닌 '하면 된다'였고, 가장 싫어하는 것은 구구한 변명과 시간 질질 끄는 '검토방침'이었다.

게다가 생각보다 더 기세등등한 이용일, 그리고 그와 치밀하게 입을 맞춘 듯 꿈쩍도 하지 않는 이상주 수석에게 완전히 기가 눌려있던 임광정 회장은 일단 아홉 명이라도 우선권을 가지게 된 것에 내심 안도할 수밖에 없었다. 그리고 아홉 명의 주전 멤버를 확보한다면 어느 만큼은 전력을 유지할 수 있을 거라는 이상주 수석의 말에도 전혀 일리가 없는 것은 아니었다.

물론 거의 전적으로 청와대의 후광을 힘으로 삼아 일을 추진해가고 있던 프로야구위원회의 이용일 사무총장 역시 이상주 수석의 제안을 마다할 입장은 아니었다. 하지만 그는 치밀했다. 마치 처음 듣는 제안이라는 듯 갑자기 미간을 좁히며 반론을 제기했다.

"이 수석님. 이거 곤란합니다. 왜냐… 이 야구라는 게 그렇습니다.

뭐 축구도 그렇고, 스포츠라는 게 대개 마찬가집니다만, 경기는 아홉 명이 하더라도 정작 관중들을 열광시키는 것은 한두 명의 스타플레이어들인데, 그 스타플레이어들을 딱 하나씩만 뺀다고 해도 프로야구 전체가 빈껍데기가 돼버릴 수가 있다는 말씀입니다. 한번 생각을 해보십시오. 축구 월드컵을 하는데 팀마다 딱 한 명씩만 스타플레이어들을 빼겠다고 그래가지고, 브라질에서는 펠레가 빠지고 독일에서는 베켄바워가 빠지고… 뭐 또 프랑스에 플라티니가 빠지고, 이탈리아에서 로시가 빠지고 아르헨티나에 루케가 빠지고. 한국에서는 차범근이 빠지고. 그러면 이게 설사 각 팀의 전력 손실은 크지 않다고 하더라도 월드컵이 사람들의 관심을 끌 수가 있겠습니까? 게다가 프로야구 6개 팀에서 아홉 명을 뺀다면 각 팀에서 간판스타 하나씩 빼고, 세 개 팀에서는 그 다음번 가는 간판선수까지 빼야 한다는 얘긴데… 이렇게 되면 정말 프로야구의 흥행은 포기를 해야 한다는 말이 되는 겁니다."

9명에서 몇 명 더 깎자는, 노골적인 얘기였다. 임광정 회장이 벌어진 입을 다물지 못하는 사이에 이상주 수석이 크게 공감한다는 듯 고개를 끄덕였다. 흥정을 벌이려고 하지 말라던 것은 임광정 회장만을 향한 말일 뿐이었다. 이용일 사무총장은 용기를 얻은 듯 말을 이었다.

"물론, 우리가 프로야구를 살리겠다고 아마 야구를 죽여선 안 됩니다. 더구나 세계선수권대회를 앞두고 나만 살겠다고 그래서는 안 되지요. 더구나 제가 야구협회에서 수년간 전무로 일하면서 그 실무를 다 총괄하던 사람인데, 그 애로사항을 절대로 모르지 않아요. 그리고 이 수석님 말씀하신대로 국가대표팀에 몇 명 정도 먼저 선발하는 우선권을 주자는 말씀… 저는 받아들일 수 있습니다. 물론 프로 쪽에 정말 크게 곤란한 점이 있지만, 그건 대승적으로 받아들여야죠. 저도 이 자랑스러운 대한민국 국민이고 야구인인데 왜 그러지 않겠습니까. 다만, 제가 정말 우리 존경하는 임 회장님을 모셨던 옛 부하로서 간청을 드리고 싶은 것은 저희 프로야구의 성공을 위해 조금만 배려를 해주신다면, 나머지는 제가 정말 발로 뛰어서 더 이상의 신세를 지는 일 없이 프로야구 쪽은 제가 성공을 시켜 보이는 걸로 은혜에 보답을 드리겠습니다."

내내 고개를 끄덕이던 이상주 수석이 물었다.

"그래서, 그러면… 우리 임광정 회장님께 어떤 배려를 부탁드리겠다는 말씀이세요?"

그러자 기다렸다는 듯 이용일 사무총장이 다시 입을 열었다.

"국가대표팀에 주전선수 선발의 우선권을 드리겠습니다. 아홉 명. 마음대로 먼저 뽑아 가십시오. 분명히 최동원이, 김재박이, 또 뭐 심재원이… 이런 톱스타들을 다 뽑아가시겠지만서도… 일단 올해는 그 선수들 없이도 어떻게든 프로야구를 성공적으로 안착시킬 수 있도록 제가 최선을 다해 보겠습니다. 다만, 어떤 기준으로 보더라도 김시진이랑 장효조는 국가대표 주전 아니겠습니까? 이 두 선수들이 군인 신분이고 그래서 올해 당장 프로야구에 어차피 합류할 수 없다고 해서 그 선수들을 빼놓고 아홉 명을 뽑아가시겠다고 하면 저희 프로 쪽에 너무 큰 타격이 된다는 말씀이지요. 그래서 그 두 명을 제외하고 올해 프로 입단 대상 선수들 중에서는 일곱 명만 선발을 하신다고 하더라도 명실상부하게 대한민국 최고의 베스트 나인을 국가대표팀이 보유하는 것이 되지 않겠습니까? 국가대표팀 선수 선발 문제는 그 정도로 좀 배려를 해주십사 하는 것이 제가 마지막으로 드리는 간곡한 부탁입니다."

이용일 사무총장과 이상주 수석이 만담이라도 하듯 주고받으며 도저히 벗어날 수 없는 말의 덫을 치는 모양을 보며 임광정 회장은 얕게 한숨을 쉬었다.

'아, 이중 삼중으로 입을 맞추고 왔구나.'

임 회장은 '해도 너무 한다'는 야속한 심정을 누를 수 없었다. 세계 야구선수권대회를 유치한 것은 4년 전인 1977년이었다. 그리고 프로야구 출범에 관한 구상이 나온 것은 불과 반년도 되지 않은 일이었다. 생각이 있는 사람들이라면 프로야구를 출범시키더라도 세계야구선수권대회에 총력을 다해 성공시킨 다음 그 여세를 몰아 프로야구의 인기로 이어 갈 방안을 세우는 게 정석이었다. 하지만 군사정변과 계엄령, 그리고 다시 민주화시위 유혈진압으로 이어진 급박한 사태 속에서 '국면전환'을 해야 한다는 생각에만 몰두한 대통령은 '프로 스포츠의 보급'이라는 돌발적인 아이디어를 떠올려 수석회의에 던졌고, 청와대 수석비서진은 그 대통령의 취향대로 '토 달지 않고, 하면 된다는 자세로' 돌진했던 것이다. 국고지원이 필요하다는 축구협회와 '시기상조'라는 야구협회를 모두 제쳐두고 나란히 전직 야구협회 전무의 경력을 가진 이용일과 이호헌이라는 야인을 통해 프로젝트를 만들고 대기업 총수들을 윽박지르다시피 한 끝에 불과 6개월 만에 6개의 구단을 창설하고 프로야구위원회를 출범시키기에 이르렀던 것이다.

그렇게 정도(正道)를 떠난 방식으로 반년 만에 궤도에 오른 프로야구가, 이제는 그 모체인 야구협회의 5년짜리 장기 프로젝트를 갉아먹고 무너뜨리려 하고 있었다. 하지만 임광정 회장에게는 그에 맞설 힘이 없었다.

결국 결론은 이상주 수석과 이용일 사무총장이 준비해온 제안 그대로 맺어졌다. 아홉 장의 우선선발권. 하지만 그 중 두 장을 어차피 확보해두고 있던 두 명의 군 소속 선수에게 써버릴 수밖에 없게 되면서 사실상 야구협회의 수중에 쥐어진 카드는 일곱 장으로 줄어든 셈이 된 것이다.

임광정 회장의 이야기를 들으면서 어우홍 감독으로서도 당혹스러운 느낌을 지울 수 없었다. 선수 선발은 감독이 가져야 할 가장 중요한 권한 중의 하나다. 그것을 난도질당하면서 좋은 결과를 내기는 쉽지 않다. 하지만 임광정 회장에게 그걸 따지고 저항한다고 해서 바로 잡힐 수 있는 일이 아니라는 것도 너무나 잘 알고 있었다. 결국 임광정 회장이 그렇게 간신히 얻어들고 온 일곱 장의 카드에, 어우홍 감독은 하나씩 이름을 적어 나갈 일로 고심을 시작했다.

우선 후보들은 당연히 1977년 니카라과 슈퍼월드컵에서 우승을 하며 진용이 완성되던 시기부터 국가대표팀을 지켜온 베테랑들이었다. 아직 대대적인 세대교체를 해야 할 시기는 아니라고 생각됐지만, 어차피 나머지 대부분의 명단을 대학생들을 비롯한 신예들로 채워야 한다면 주어진 카드로는 충분히 검증된 완성형 선수들을 뽑는 것이 당연했다.

당대 최고의 투수와 포수인 최동원과 심재원의 이름을 제일 먼저 적었고, 내야 수비를 지휘해야 할 김재박도 빼놓을 수 없었다. 나머지 카드는 네 장. 지난 수년간 국가대표팀 주전 1루수로서 4번 타자 자리를 지켰던 실업야구 4년 연속 홈런왕 김봉연과 역시 그와 함께 중심타선을 지키며 '아시아 최고의 3루수'라고까지 불리던 '안타제조기' 김용희, 김재박과 더불어 환상의 키스톤 콤비 플레이를 보여주었던 재기 넘치는 2루수 배대웅, 그리고 조금씩 구위가 떨어졌다고는 해도 여전히 일본을 상대할 때 가장 강한 모습을 보여 왔던 왼손 투

수 이선희 등이 마지막까지 만지작거리다가 놓아야 했던 이름들이
었다.

어우홍 감독은 그 대회를 공세적 전략보다는 수세적인 전략으로
임해야 하리라고 내다보고 있었다. 어차피 제한된 선택지 속에서 전
력을 구성할 수밖에 없다면 공, 수, 주를 두루 갖춘 팀을 만들기는 어
려웠기 때문이다. 그래서 공격력보다는 수비력, 장타력보다는 기동
력에 방점을 찍고 세밀하게 1승 1승을 만들어나가는 것이 그나마 가
능성 있는 시나리오라고 생각하고 있었다.

그래서 홈 플레이트에 야구공 일곱 개를 늘어세워놓고 마운드에
서 공을 던져 왼쪽부터 하나하나 맞혀서 쳐낼 수 있을 정도의 정교한
제구력을 갖춘 임호균이 필요했다. 강속구를 던지는 정통파 투수 최
동원, 김시진을 보완하며 위기일발의 순간에 가장 안정감 있는 구원
투수로 활용하기 위해서였다.

그리고 국가대표팀에 소집될 때마다 서로 자기가 더 빠르다며 신
경전을 벌이던 준족이며 1번 타순뿐 아니라 4번 타순도 무리 없이 소
화할 만큼 타격의 정확성과 파괴력까지 갖춘 이해창과 김일권을 빼
놓을 수는 없었다. 그 두 사람이 김재박과 함께 1,2,3번 타순에 배치
되어준다면 강공이든, 번트든, 도루든, 치고 달리기든, 그야말로 감

독이 생각할 수 있는 모든 작전을 자유자재로 구사할 수 있는 역동적인 조건을 만들어줄 수가 있었다. 게다가 김일권이 중견수로 자리를 잡는다면 김재박과 심재원으로 이어지는 '센터 라인'만큼은 공격력 면에서나 수비력 면에서나 두루 걱정을 할 필요가 없었다.

그리고 마지막 한 장의 카드로 선택한 것은 유두열이었다. 발이 빨라 수비범위가 넓고 어깨도 강했던 그는 외야의 한 쪽 코너를 맡아줄 수 있었다. 그리고 준수한 타격능력에 더해 '한 방'을 갖추었고, 무엇보다도 찬스에 강한 면모가 그의 매력이었다. 그는 선발 좌익수에 5, 6번 타순에 배치해도 좋았고 더 컨디션이 좋은 신진 외야수가 나타나 후보로 돌린다면 경기 막판 결정적인 순간에 쓸 수 있는 대타 카드로서도 훌륭했다. 그는 수비 위주의 전력 구상 속에서도 '반격의 한 방'을 기대하게 할 수 있는 선수였던 것이다. 유두열은 1977년 니카라과 슈퍼월드컵 멤버는 아니었지만 1981년 대륙간컵 때부터 국가대표팀에 가세해 결정적인 고비마다 적시타를 터뜨리며 타선의 활력소가 되어온 선수였다. 말하자면 야수진에서 세대교체의 징검다리 역할을 할 적임자가 유두열이었다.

2

"아… 멋진 프레이입니다. 이게 프로야구예요. 프로야구의 프레이는 그동안 여러분이 보셨던 아마추어 야구하고는 완전히 다른 거거든요. 수준이 다릅니다. 사실 그동안 우리 야구선수들이 별 희망이 없었거든요. 우수한 선수들이 많이 있어도 학교를 졸업하면 실업야구라는 게 있기는 했었지마는… 야구를 직업으로 삼을 길이 없었기 때문에 말이죠. 그런데 이제 프로야구가 출범되면서 지난 겨울에 선수들이 의욕을 가지고 정말 많은 훈련을 하고 땀을 흘렸거든요. 그 결과 여러분들이 저런 훌륭한 프레이를 보실 수 있게 된 거거든요…."

1982년 3월 27일 오후, 온 나라 안의 TV와 라디오 스피커에서 감격과 흥분에 젖은 듯 '이제 비로소 프로야구가 출범한 덕분에 우리 야구인과 야구팬들이…'를 연발하는 배성서 해설위원의 쇳소리가 흘러나왔다. '여간해서는 때릴 수 없는 절묘한 공을 빼트 중심에 잘 맞혔다'고, 또 '도저히 잡을 수 없는 공을 잘 건져 올려서 정확하게 송구를 했다'고 '프로'라는 신기원을 연 선수들에 대한 칭찬이 줄줄이 쏟아졌다. 물론 매일 저녁 9시 정각이면 TV와 라디오를 통해 온 나라 안에 그 이름이 울려 퍼지게 했던 절대자 '전두환 대통령 각하'까지 등장해 직접 두 번이나 시구를 해가며 그 역사적인 의미의 거대함을 선언한 대한민국 프로 스포츠 역사의 첫 걸음을 함께 지켜보는 시청자들의 생각도 크게 다르지 않았다. 가끔 TV를 통해 중계 방송되던 야구경기에 나서던 앳된 고교선수들과는 얼핏 보기에도 다르게 몸집 자체가 단단한 청년들이 차원이 다른 힘과 기교를 화면에 펼쳐 보이고 있었고, 그래서 고교야구 경기에서는 한 경기에 한 개나 볼까 말까 했던 홈런도 벌써 두 방이나 터져 나오는 걸 목격하고 있었기 때문이다.

하지만 그 시간, 그렇게 한창 축제의 열기를 더해가던 동대문야구장 맞은편 용산의 어느 단독주택 거실에서는 14인치 흑백 TV 앞에 길게 누운 한 사내가 줄담배를 피워대며 듣는 이 없는 타박을 쏟아내고 있었다.

"인식이 저 자식… 한 발 먼저 나와서 잡았어야지. 신언호 저거는 멀리 던지기 대회에 나온 거야 뭐야. 세게만 던지면 단가? 정확히 던져야지. 공이 옆으로 새니까 주자가 저 느린 발로 한 베이스를 더 가네. 어허, 승안이 저 새끼 저거 또 홈런 한 방 때렸다고 힘 바짝 들어가는구만. 아이고 백 감독님. 하나만 하셔야지, 하나만… 주자로 나갔으면 코치 사인을 봐야지 거기서 또 무슨 사인을 내고 그래, 정신 사납게시리…."

그때 거실과 이어진 부엌에서 콩나물을 손질하던 아내가 성큼성큼 다가와 TV 전원 단추를 꾹 눌러버렸다. 사내는 당황한 듯 눈을 치켜떴다.

"어? 뭐야. 나 보잖아, 지금."
"나가. 나가서 술이라도 마시든가."

아내는 이미 한참 전부터 눌러두었던 듯 퍽퍽한 눈빛으로 사내를 쏘아보며 말했다. 목소리는 목소리대로 퉁퉁 부어 있었다. 저 화면 속의 빛나는 주인공이어야 했을 남편이 TV 앞에서 떨고 있는 궁상을 지켜보기가 영 심사가 뒤틀렸기 때문이었다.

프로야구가 출범한다는 사실이 알려졌을 때 그 소식을 가장 반긴 것은 선수들보다도 그 아내들이었다. 이제 드디어 제대로 된 살림살이가 가능해졌다는 희망 때문이었다.

겉으로 보이는 화려함과 명성에 비해 야구선수들의 생활은 실속이 없었다. 벌어들이는 수입은 평범한 월급쟁이들보다 별로 나을 것이 없었고, 단체생활 속에서 몸으로 부대끼는 삶이 몸에 밴 사내들은 늘 집 밖으로 나돌며 술을 마시고 허세를 떨며 길지 않은 젊은 시절을 소모해버리곤 했기 때문이다. 물론 어지간한 실력을 갖춘 경우라면 실업팀에 취직을 할 수는 있었지만 아무래도 고교와 대학 시절 내내 공부와는 담을 쌓고 지낸 처지에 볼펜 굴리는 능력으로 동료들을 따라가기는 어려웠고, 그래서 선수로서의 이름이 희미해져 특별히 영업실적을 내세우기도 어려워질 때쯤부터는 이리 치이고 저리 치이는 천덕꾸러기 신세가 되는 것도 흔한 일이었다. 그런 차에 프로야구선수라는, 제대로 된 전문직을 업으로 삼을 수 있게 되었다는 것은 특히 아내들에게 눈물겨운 경사가 아닐 수 없었다. 그리고 어느 날 문득 남편이 저마다 계약금이라며 받아 들고 온 뜻밖의 뭉칫돈 덕분에 집집마다 빚을 청산하고, 새집을 마련하고, 차를 사느라 즐거운 수선이 한바탕 일어났던 것이다.

하지만 반대로 그 와중에서 소외된 이들의 상대적 박탈감은 오히려 더 클 수밖에 없었다. 어지간하기만 하면 B급이든 C급이든 분류되어 수천만 원은 못 되더라도 수백만 원쯤은 손에 쥘 수도 있었지만, 하필 국가대표 출신들로만 라인업을 채우고도 남아도는 대구 경북 쪽 출신이라거나 해서 부름을 받지 못한 이들은 선수 가뭄을 호소하던 호남이나 인천 쪽 출신이 아니라는 점을 한탄하며 소주잔을 기울이는 경우도 아주 없지는 않았던 것이다.

물론 그나마 실력이 부족해서 그렇게 된 거라면 할 수 없었겠지만, 오히려 실력이 너무 좋아서 국가대표팀에 '선발'된 탓에 그런 잔치판에서 손가락만 빨고 있어야 한다는 사실이 사내의 아내에게는 도저히 납득할 수가 없는 일이었다. 국가대표가 어쩌고, 야구협회가 어쩌고 하는 설명이 아내에게 쉽게 통하지 않자 남편은 성을 참지 못해 버럭 소리를 질러댔고, 또 그게 야속하고 원망스러운 아내가 말문을 닫아버리면서 꽤나 길게 냉전이 이어지고 있던 판이었다.

그 사이 벌떡 몸을 일으킨 사내는 뭐라고 거칠게 대꾸를 하려다 말고, 이미 꽁초가 수북이 쌓인 재떨이에 물고 있던 담배를 비벼 껐다.

"아… 여편네…."

사내가 몸을 일으키는 걸 본 아내는 부엌 맞은편으로 뚫린 현관을 나서 마당으로 나가버렸다. 그리고 그 뒷모습을 잠시 바라보던 사내는 잠시 두 무릎을 움켜 안고 심호흡을 하다가 불끈 일어서서 TV 옆의 서랍장 위에 놓인 전화기 앞으로 걸어갔다. 아내가 코바늘로 떠서 만든 동그란 보라색 깔개 위에 놓인 반들반들한 검은색 전화기에서는 상큼한 레몬 향기가 풍겼다. 틈만 나면 쓸고 닦아대는 아내가 장인어른이 해외 출장길에 사오신 일제 레몬향 왁스로 다이얼 구멍 사이사이까지 닦고 윤을 내놓았던 것이다. 우리 나이로 서른. 하지만 일찌감치 결혼해 이미 열한 살 난 아들을 비롯한 세 남매를 둔 그를 둘러싼 묵직한 가정의 냄새였다. 물론 그 무게의 중심은 나이가 세 살이나 많은 연상의 아내였다. 사내는 '휴우' 한숨을 흘리며 다이얼 구멍에 손가락을 걸었다.

"호균이냐? 나 해창이 형인데. 뭐 하냐? 응… 그럼 만나서 맥주나

한잔 하자. 그래. 야, 테레비 보고 있으면 뭐 누가 너한테 얼른 뛰어
와서 몸 풀라고 전화라도 할까봐 그러냐? 나와. 그래. 아, 술집에도
테레비 다 있어. 니네 집에 있는 거보다 더 큰 거 있어. 일단 나와. 그
래. 전에 종로에 거기 괜찮더라. 한 시간이면 나오지? 그래. 거기서
보자. 어, 그래. 동원이도 같이 있으면 같이 데리고 오고. 나도 나가는
길에 재박이 데리고 같이 갈 테니까…"

전화를 끊은 사내는 다시 한숨을 쉬었다. 그리고 고개를 좌우로 휙
휙 돌려 목 관절에서 '우두둑' 소리를 내고는 장롱 문을 열고 옷을 갈
아입었다.

호프집으로 들어서자 한 쪽 구석에서 머리를 짧게 깎은 안경잡이
청년이 얼른 일어나 서너 걸음 다가오며 허리를 숙였다.

"행님. 오셨습니꺼."

억센 부산 사투리의 청년, 최동원이었다. 그리고 최동원이 앉아있
던 자리 맞은편으로 보이던 뒤통수가 몸을 일으켜 돌아섰다. 커다란

눈이 멀리서도 눈에 띄는 얼굴, 임호균이었다.

"오셨어요. 재박이 형님도 오셨습니까."

앞서 들어선 이해창이 손등을 밖으로 향해 내저으며 입을 열었다.

"어, 그래, 됐다. 가서 앉아라."

그리고 그 뒤를 따라 들어선 김재박의 입에서도 대구 말투가 튀어
나왔다.

"어, 호균아, 오랜만이다. 동원이도 잘 지냈나."

이제 막 해가 건물 숲 저편으로 넘어가려 하고 있었다. 아직 맥줏
집이 붐빌 시간은 아니었지만 대학생쯤 돼 보이는 젊은이들 몇과 할
일 없는 늙다리 룸펜 몇이 이 구석 저 구석에 자리를 잡고 있었다. 그
리고 그들 중 몇은 수군거리며 이쪽 테이블에 앉은 이들의 이름을 입
에 올리고 있었다.

김재박과 이해창, 최동원과 임호균. 야구에 조금이라도 관심이 있는 사람이라면 그 넷 모두를 알아보지는 못하더라도 그중 한두 사람쯤은 알아보지 못할 리가 없었다. 대학과 실업 무대에서 내내 타율로는 장효조와, 홈런으로는 김봉연과, 도루로는 김일권과 경쟁을 벌이며 '호타준족'의 상징으로 불려온 이해창. 그리고 한 술 더 떠 대학을 졸업하고 실업야구 무대에 데뷔하던 1977년에 아예 타율, 홈런, 타점, 도루 등등 야수 개인에게 시상하는 모든 부문을 석권하며 초유의 '7관왕'을 달성한 데 이어 그 해 한국야구 역사상 최초로 국제대회에서 우승하는 업적을 만들었던 니카라과 슈퍼월드컵에서도 국가대표로 출전해 타율, 최다안타, 도루 부문을 석권했던 슈퍼스타 김재박. 그 둘은 1970년대 후반 이후 한국 성인야구를 대표하는 야수들이었다. 그리고 그 넷 중에서 나이는 가장 어리지만 이미 시속 150킬로미터를 넘는 무시무시한 강속구를 던져 미국이든 쿠바든 가리지 않고 상대해 괴물 같은 타자들을 줄줄이 삼진으로 잡아낸다는 전설의 주인공이 되어 있던 최동원은 축구의 차범근, 농구의 신동파처럼 야구의 대명사로 통하는 이름이었다. 종종 신문 스포츠면의 한계를 넘어 여성잡지와 청소년잡지에서도 얼굴을 볼 수 있었던 그는 야구계를 넘어 당시 대한민국 20대 중에서 가장 유명한 인물이라고 해도 지나

침이 없는 대중적인 스타였다. 물론 그 곁에 앉아 있던 임호균 역시 '심판들을 농락하는 제구력의 소유자'로서 세상 사람들 입에서는 '2인 자' 혹은 '3인자'로 분류될망정 그 스스로는 단 한 번도 자신의 존재에 그런 구차한 숫자를 붙여본 일이 없는 자존심의 명투수였다.

그런데 그 네 명의 유명 인사들이 한국 프로야구가 출범하는 역사적인 그 날, 그라운드가 아닌 종로 피맛골 언저리의 어둑한 맥줏집에 모여 앉아 있었다. 그리고 맥줏집 사장이 큰 맘 먹고 구입한 듯 한쪽 구석 천장가에 철제 앵글 거치대까지 짜서 얹혀놓은 최신형 총천연색 컬러 TV를 향해 곁눈질을 하고 있었다. 그 속에서 막 MBC 청룡의 이종도가 연장 10회 말에 삼성 라이온즈 투수 이선희의 공을 때려 좌측 담장 밖으로 넘기며 그림 같은 역전 끝내기 만루 홈런을 터뜨리던 그 순간, 넉 잔의 맥주는 한숨과 탄성에 뒤섞인 채 마른 목구멍들을 흘러 넘고 있었다.

"어, 넘어가 버렸어? 와… 끝내기 아냐. 그것도 만루 홈런. 완전 스타탄생이네. 종도 형님 한물갔다고 그랬는데, 그래도 아직 안 죽었구만."

이해창이 한 손으로 입가에 남은 거품을 쓱 닦으며 잔을 놓았다.

"와… 선희가 맞았네. 와… 하긴 선희 공이 오늘 예전만 못했어."

김재박이 한마디 거들었다.

"선희 행님 스라이다, 그거 오른손 타자 무릎 쪽으로 휘어 들어오
는 낮은 스라이다, 원래 그거 직이는데. 오늘은 어째 그게 영 밋밋해
지긴 했십니다. 이야… 멋지네. 멋져."

이종도의 홈런이 멋지다는 것인지, 그 홈런 한 방에 산사태라도 날
듯이 진동하는 관중석의 환호성이 멋지다는 것인지, 아니면 그저 프
로야구라는 호화로운 무대 그 자체가 멋지다는 것인지 애매하게 얼
버무리는 최동원이었다.

"종도형은 A급 못 받았지?"
"아마 그럴걸요? 선희 형이 A급 받았고… 규봉이 형이랑 기룡이랑,
이런 정도가 A급 받았을 걸요."

"종도 형도 국가대표 했었는데…."

"그거 몇 년 됐잖아요. 요 몇 년 사이에 한 거 아니면 인정 못 받을 거예요, 아마."

이해창이 기어이 몸값 얘기를 꺼냈고, 김재박이 무심한 척 받았다. 그러자 다시 최동원이 한마디 덧붙였다.

"대웅이 행님도 A급이라던데요. 그 행님도 계약금이랑 연봉이랑 합쳐서 한 삼천은 넘게 받았을 낍니다."

그러자 조용히 맥주만 들이켜고 있던 임호균이 슬쩍 웃으며 입을 열었다.

"야, 삼천만 원 받는 거 부럽냐? 동원이 너는 작년에 실업팀에 가면 서도 벌써 삼천만 원 넘게 받았잖아. 대학 갈 때도 그렇고. 야, 솔직히 말해봐. 뒷돈으로 얼마씩 받냐?"

"별로 안 많십니다. 또 아부지가 받아갖고, 지는 잘 모릅니다."

최동원이 슬그머니 말끝을 흐렸다.

"아, 뭐 능력 있어서 돈 많이 받는다는데 누가 뭐라고 그러냐? 대한
민국 최고의 투수 최동원 아니냐. 거 얼마 전에는 우리 아들 훈이가
보는 만화책이 야구만화길래 한번 집어서 뒤적거리다보니까 거기
최동원이가 나오는데, 안경 딱 고쳐 쓰더니 강속구를 던지는데 막 공
에 불이 붙어가지고 날아가더라고."
"하하하, 공이 날아가다 불이 붙어요? 하하하."
"그래. 뭐 노히트노런, 이런 게 아니라 그냥 대회 내내 퍼펙트를 하
다시피 하더라니까? 하하하."

또 한 번 폭소가 터졌다. 최동원도 민망한 듯 웃으며 맥주 한 모금
을 삼켰다.

"그나저나 대웅이도 삼천 넘게 받는다는데 재박이는 한 오천 받아
야 되는 거 아니냐? 그리고 옛날이야 몰라도 지금은 선희나 규봉이보
다는 호균이가 한 수 위잖아? 그럼 호균이도 한 사오천은 받아야 되
잖아."

"아, 호균이가 낫죠. 나는 선희 형, 규봉이 형이 문제가 아니라 차라리 동원이나 시진이 공을 치기가 쉽지, 호균이 공은 훨씬 더 어렵더라고. 형도 알잖아. 얘가 아주 홈 프레이트 끝에를 살살 긁잖아. 치면 파울이고, 안 치면 스트라익이고. 또 심판도 살살 홀려가지고 1회에는 한참 빠지는 볼이었던 게 5회쯤 되면 스트라익이 돼버리고. 얘는 진짜 한 오천은 줘야 돼."

이해창과 김재박이 다시 주고받으며 이야기를 이어갔다. 그렇게 다시 감독과 선수로서 따로따로 2인분의 연봉을 챙긴 백인천의 요령이 화제가 됐고, 난데없는 배탈 탓에 '대한민국 프로야구의 제1구'를 던질 기회를 놓친 하기룡의 먹성이 웃음을 샀으며, 그 날 홈런을 기록한 이만수와 유승안, 그리고 이종도의 실력과 몸값과 주량 등등에 관한 뒷얘기들이 오고 갔다. 그러다가 그 해 프로야구 무대로 뛰어든 선수들의 몸값 책정의 기준이 된 김봉연에 관한 이야기들이 나왔고, 또 미국 물을 먹었다는 이유로 유일한 '특급' 대우를 받은 박철순이 도마에 올랐다. 하지만 몸값에 관한 이야기가 길어질수록 그 넷은 갈증을 느꼈고, 애꿎은 맥주병만 차례차례 빈병으로 변해가고 있었다.

"캬…. 하여간에, 이놈의 선수권대회만 아니었으면 대한민국 프로 야구 제1호 안타는 나 아니면 재박이 거였을 건데 말이야. 아니, 1호 홈런이었을 수도 있지. 얘나 나나 정확성이든 파워든 뭘로 보나 만수만 못하겠냐? 거기다가 들어가기만 했으면 MBC 1번 타자가 보나마나 얘 아니면 나 아니었겠냐고. 뭐 돈이야 내년에 받으면 되지만, 내가 아까운 건 그런 거야. 역사에 영원히 남는 건데, 이게…."

벌써 몇 잔째인지 모를 술잔을 비우고 내려놓으며 목소리를 높이는 이해창의 얼굴은 이미 벌겋게 달아올라 있었다. 이번에도 옆자리의 김재박이 실없이 웃으면서도 꿋꿋하게 말을 받았다. 그의 목구멍을 지나친 맥주도 제법 열 병은 넘어가고 있었다.

"내년에 받으면 되기는… 올해 받으면 내년에 못 받나? 그냥 1년 치 연봉 날린 거지 뭐. 일 년에 최소한 이삼천 받을 수 있는 선수들한테 국가대표로 남아달라고 하려면 나머지는 애국심에 호소한다 치더라도 한 천만 원씩은 줘야지, 월 삼십이 뭐냐고 삼십이. 야, 안 그러냐? 뭐 나라 일이니까 몸값으로 다 쳐주지는 못해도 한 절반은 줘야지, 십분의 일이 뭐냐고. 아, 우리만 국민이고 애국자인가? 우리도 그렇지만 형님은 나이가 서른이고 애가 셋인데, 언제까지 야구선수 이해창이겠냐는 말이야. 또 처자식은 애국심 뜯어 먹여 살리나?'

월드컵도, 올림픽도, 심지어는 아시안게임조차도 치러본 경험이 없던 시절이었다. 아니, 그런 '세계적인' 행사를 우리나라에서 개최할 수 있다는 상상조차 대부분의 사람들은 하지 못하던 시절이었다. 그래서 우리나라에서 세계야구선수권대회가 열리게 됐다는 것만으로도 충분히 신기하고 가슴 설렐 만한 일이던 시절이었다. 언론 지면에서는 흔히 그 대회를 유치하고 개최한다는 사실을 '단군 이래 이 땅에서 열리는 최대의 국제 행사'라는 감격어린 표현으로 가리키곤 했고, 그것이 다름 아닌 국운 융성의 징후이자 계기라며 수선을 떨어대고 있었다. 가슴에 태극마크 하나 달아보는 것을 일생의 소원으로 삼던 선수들이 바로 서울 한복판에서 고국 팬들의 열렬한 응원을 업고, 또 가족과 이웃들의 눈앞에서 보란 듯이 뛰어볼 수 있는, 아마도 다시 오지 않을 기회를 놓칠 수 없다고 마음을 다잡을 만했던 것은 당연한 일이었다.

하지만 하필 그 대회가 열리는 해에 프로야구가 출범하면서 상황은 묘하게 돌아가기 시작했다. 청와대 수석회의에서 '너무 정치에만 빠져있는 국민들의 관심을 좀 더 건전한 방향으로 이끌기 위해 구기 종목의 프로화를 검토해보라'는 대통령의 한마디에 벌집을 쑤신 듯 이리저리 뛰어다닌 관료들은 불과 반 년 만에 여섯 개의 프로야구단을 창단하는 능력을 발휘했고, 그 바람에 몇 명 되지도 않는 야구선수들을 놓고 국가대표팀과 프로팀들이 쟁탈전을 벌여야 하는 어이없는 상황이 벌어지고 만 것이다. 상업성을 철저히 배제하는 국제 아마추어 스포츠 대회의 원칙에 따라 프로선수들의 세계야구선수권대회 출전은 금지되어 있었고, 따라서 선수들은 프로팀에 입단할 것이냐 아마추어에 남아 국가대표 태극마크를 달 것이냐를 선택해야만 했기 때문이다. 하지만 십중팔구, 선수들의 선택은 프로였다.

청와대를 등에 업고 기업들을 끌어내다시피 해서 판을 짠 이용일 사무총장과 이호헌 사무차장은 프로선수들에게 주어야 할 몸값의 기준을 '실업야구 홈런왕인 김봉연의 열 배'로 정해놓고 프로야구단을 창단하기로 한 기업들에게 통보해두고 있었다. 준비기간을 채 일 년도 가지지 못한 채 출범하는 프로야구의 성패는 거의 전적으로 그 무대에 유능한 선수들을 얼마나 많이 끌어들일 수 있느냐에 달려있는 것이었기 때문이다. 말하자면 프로선수들의 연봉은 구단과 선수들 사이의 협상을 통해 자율적으로 결정되는 것이 아니라 위원회에서 결정해서 하달한 지침에 따라 정해지는 것이었고, 그만큼 당시 일반적으로 운동선수들이 받고 있던 대우에 비해서는 '정치적 고려'가 부가된 만큼 높은 수준으로 주어지고 있었기 때문이다.

특히 그로부터 몇 년 이내에 국가대표로 선발된 경력을 가진 선수들이라면 한국야구위원회에서 책정한 연봉 산정기준에서 A급으로 분류되어 있었고, 그렇다면 최소한 계약금 1,500만 원에 연봉 1,800만 원은 받을 수가 있었다. 하지만 국가대표팀에 들어가기 위해 실업팀에 남는다면 50만 원 남짓한 월급에 야구협회가 주는 월 30만 원의 수당을 더 챙길 수 있을 뿐이었다. 국가대표라는 명예와 자부심도 중요했지만, 그것이 1년 안에 집 한 채 값의 손해를 감수하게 할 만큼 대단한 것일 수는 없었다. 게다가 국가대표가 해마다 소집되는 것이었다면, 프로야구는 첫 해였고 모든 기록과 플레이들이 역사의 첫 페이지를 장식할 수 있는 기회의 순간이었다.

물론 한 해 안에 자국에서 개최하는 국제대회의 우승과 새로이 출범시킨 프로리그의 성공적인 안착이라는 두 마리의 거대한 토끼를 동시에 잡겠다는 발상은 '안 되면 되게 하라'는 특전사 지휘관 시절의 신념으로써 나라를 이끌어보겠다는 전직 장군 대통령의 패기에서 비롯된 것이었다. 하지만 직접 발로 뛰면서 그 패기의 결과물들을 구현해내야 하는 '아랫것들'의 고충은 아래로 갈수록 더 크고 고달파질 수밖에 없는 법이었다.

"근데 말입니다… 이거 야구협회에서 국가대표에 남으라고 했다고 해서 꼭 남아야만 한다는 법이 있는 건 아니지 않습니까? 그냥 보류 조치를 거부하고 프로 팀으로 가버리면 안 되는 겁니까? 그러면 뭐 큰일 납니까?"

얼굴이 발그레해진 최동원이 검지 끝으로 안경을 추켜올리며 말했다.

"야, 인마. 너 팀 이탈해서 프로야구로 가려고? 큰일 나지, 인마. 천하의 최동원이가 국가대표팀에서 빠진다고 그러면 당장 경남고 동문회 다 들고 일어나고, 사람들이 선수권대회 포기했냐고 난리를 내지…."

"아니, 뭐 제가 그런다는 게 아니고… 일단 원칙이 어떻게 되느냐, 뭐 그런 말씀입니다. 엄연히 자유민주주의 국가에서 개인의 자유로운 선택을 막, 협회라고 해도 함부로 강요하고 막고 그럴 수는 없는

기 아입니까? 그러니까 혹시 누가 그런 생각을 한다고 하면 어떻게
되느냐 하는….”

　김재박이 실실 웃으며 지레 큰 소리로 받자 최동원이 머쓱해하며
말꼬리를 사렸다. 서로 농담이었지만, 농담으로만 하고 들을 수 없는
심각한 화제이기도 했다. 이해창이 살짝 한숨을 쉬며 입을 열었다.

　“아, 뭐, 국가대표 안 할란다고 해서 잡아다가 가두기야 하겠냐마
는… 국가대표 선발을 거부한 놈을 프로구단들이 덥석 받아들일 수
가 있겠냐? 야구협회랑 야구위원회랑 서로 윗선에서 합의를 한 건
데. 그래서 프로야구에서도 받고 싶어도 못 받아주는 처지가 되면,
그럼 그 때 가서 실업 팀으로 돌아갈 수도 없고, 그렇다고 어디 딴 데
취직할 능력이 있는 것도 아니고… 그럼 그냥 실업자 되는 수밖에 없
는 거야. 그리고 뭐 천 년 만 년 선수 하냐? 너희도 오 년 후가 됐든 십
년 후가 됐든 언젠가는 유니폼을 벗어야 될 텐데, 그러면 협회건 위
원회건 눈치 안 보면서 살 수 있냐? 대한민국 땅에서 야구하고 아무
상관없이 살 수 있겠어? 뭐 동원이 너야 미국이나 일본 프로로 가서
돈 많이 벌면 상관없을지 모르겠다만….”

이해창의 이야기가 최동원의 면전에서 맺어지자, 그제야 생각이 났다는 듯 김재박이 덧붙여 최동원에게 물었다.

"참, 근데 그나저나 동원이 너 뭐 토론톤가 거기 메이저리그 간다 만다 그러더니, 어떻게 된 거냐? 그거 땜에 국가대표 자격이 없어진 거 아니냐고 어디서 시비도 걸고 그랬다던데, 그건 잘 해결된 거냐? 뭐 해결됐으니까 국가대표팀에 불러났겠지만…."

"예, 뭐… 저야 뭐… 아부지가 일단 잘 정리하셨다고 하시니… 잘 된 거 같습니다. 변호사님도 그렇게 말씀하시고…."

지난해 캐나다에서 열렸던 대륙간컵 대회에서 한국은 4위에 머물며 부진했다. 하지만 2승에 평균자책점 1.32를 마크하며 최우수투수상을 수상한데다가, 특히 개최국 캐나다와의 경기에서 9회 말 선두 타자 매클로프에게 우전안타를 맞을 때까지 퍼펙트게임을 이어가며 11개의 삼진을 잡은 최동원의 인기는 상한가를 기록했다. 개최국 캐나다에 근거를 둔 메이저리그 구단 토론토 블루제이스가 그런 최동원에게 적극적인 관심을 가지게 됐고, 결국 대회가 끝난 한 달여 뒤 서울로 스카우트 팀을 보내 입단계약을 체결하기도 했다. 계약금과

연봉도 인센티브를 포함해 4년간 61만 달러에 달하는 좋은 조건이었다. 하지만 첫 해 연봉으로 제시된 금액이 메이저리그 최저연봉에 근거한 것이라는 점에 자존심이 상한 최동원 측은 뒤늦게 계약 파기를 주장했다. 그리고 '최동원은 우리 선수'라고 주장하며 최동원의 이름을 포함시킨 25인 로스터 명단을 메이저리그 사무국에 제출하며 강경하게 나선 토론토에 맞서, 가계약이었던 데다가 아직 계약금을 받지 않았다는 명분을 내세우며 줄다리기를 하고 있었다. '한국인 최초의 메이저리거 탄생'이라는 사건이 십여 년 뒤부터 사람들에게 어떤 의미를 가지게 될지에 대해서는 전혀 상상하지도 못했던 한 자존심 높은 선수와 부모의 고집이 벌인 일대 사건이긴 했다. 물론 최동원이 빠져나간다면 국가대표팀이든 프로야구 출범이든 김이 샐 것을 우려한 야구협회와 야구위원회 측에서도 계약 파기를 위해 물밑에서 적극적으로 움직였고, 대회 개최국에 대한 배려 차원에서 국제야구연맹 회장인 로버트 스미드까지 힘을 실어주면서 결국 최동원은 그 대회에서 아마추어 선수로서의 자격을 유지하는 데는 성공을 하고 있었다. 어쨌든 당시의 최동원이라면 수억 원의 돈으로도 쉽게 움직일 수 없는 사람이었고, 수천 만 원의 돈 때문에 프로진출 유보를 원망할 만한 입장은 아닌 것도 사실이었다.

야구협회 고위 임원을 장인으로 두고 있었기에 어차피 빠져나갈 궁리를 해볼 처지도 아니었던 이해창이나, 반대로 마음만 먹으면 미국이나 일본으로 진출할 길도 열려있던 최동원은 그래서 그들 중 가장 덜 고민스러운 입장일 수도 있었다. 하지만 잠자코 듣고만 있던 임호균과 김재박에게는 생각만 해도 한숨이 절로 나오는 문제일 수밖에 없었다. 자유롭다면 자유롭고 매여 있다면 매여 있는 어중간한 입장. 그리고 당장 집 한 채를 살 수 있는 돈을 포기해도 좋을 만큼 그들의 형편이 넉넉한 것도 아니었고, 또 1년쯤 미뤄둔다고 해도 아쉬울 것 없을 만큼 젊기만 한 나이도 아니었기 때문이다.

3

"어, 호균이. 어쩐 일이냐. 앉아라."

두 손을 유니폼 점퍼 주머니에 찔러 넣은 채 우두커니 창문 너머 그라운드를 응시하던 박현식 감독이 문이 열리는 쪽을 향해 몸을 돌리며 반갑게 맞았다.

"감독님. 별일 없으셨습니까?"
"나야 만날 지는 게 일이지 뭐, 다른 별일이 있겠냐? 모르지, 혹시 뭐 오늘 게임에서 해태한테 이기면 별일이 될는지. 허허허."

박현식은 쓴웃음을 지으며 의자 하나를 내주었다. 그리고 자신도

플라스틱 의자에 털썩, 몸을 얹었다. 180센티미터가 넘는, 그래서 같은 시기에 함께 야구를 하던 이들 사이에서도 위로 모자 하나만큼은 불쑥 솟아있던 거구. 하지만 그 거대한 몸집에 어울리지 않게 처진 두 눈꼬리가, 마주하는 이들로 하여금 본능적으로 미소를 짓게 만들던 순한 황소 같은 사내. 그렇게 둥글둥글한 얼굴 뒤에서 풍기는 메마른 뒷맛이 마주 앉은 호균의 마음까지 푸석푸석해지게 만들고 있었다.

얼마 전 대구에서 최강팀 삼성을 맞아 벌였던 창단 첫 경기에서 삼미 슈퍼스타즈는 예상을 깨고 에이스 인호봉이 완투를 하는 활약 속에 5대 3으로 이기며 기세를 올렸었다. 그 날 겨우내 소화한 강훈련이 결실을 맺었다는 생각에 감격한 박 감독 역시 기자들을 향해 '더 이상 우리 팀을 슈퍼스타 없는 슈퍼스타즈라고 비웃지 말라'고 일갈하기도 했다. 하지만 그것은 더 깊숙한 골을 예고하는 초입의 언덕길에 불과했고, 삼미는 곧 한 경기 이기면 두세 경기 지는 흐름을 이어가며 가라앉기 시작했다. 물론 국가대표 경력을 가진 선수를 단 한 명도 보유하지 못한 빈약한 선수 구성 탓에 자칭 타칭 전문가들로부터 일찍부터 꼴찌 후보로 점쳐지던 것이 삼미 슈퍼스타즈의 객관적인 전력 수준이긴 했다. 하지만 '어디 우리가 정말 꼴찌인지 한번 두

고 보자'고 덤벼들었던 배짱이 한 번 꺾이고부터 남은 것은 기죽고 주
눅 든 열패감뿐이었다. 그래서 시합을 시작하기도 전에 벌써 심리적
으로 지고 들어간 선수들의 몸은 딱딱하게 경직되어 우스꽝스럽게
공을 흘리고, 패대기치고, 미끄러지곤 했다. 선수 시절 늘 국내 최고,
아시아 최고의 자리에서 군림하던 왕년의 홈런왕이자 만능선수 박
현식은 감독으로서 처음 맛보는 꼴찌의 수모를 쉽게 감당해내지 못
하고 있었다. 그 무렵 훈련장에서 박현식이 늘 입에 달고 살던 말은
이런 것들이었다.

"야, 아니 그걸 왜 그렇게 하는 거야? 야, 너는 왜 그걸 그렇게 밖에
못 하는 거야? 야, 인마, 너는 또 왜 그걸 그 따위로 하고 있어⋯."

투수들이 공을 던지는 모습을 보며 혀를 차고 달려들어 투구동작
을 손보다가, 또 곁눈에 들어오는 야수들의 수비 모습을 보며 다시
혀를 차며 쫓아가서 포구동작과 송구동작을 고쳐주고, 그러다가 이
번에는 블로킹 연습을 하는 포수들을 불러다가 직접 주섬주섬 보호
장비를 챙겨 착용해가며 시범을 보이기도 하고⋯. 흡사 이 구석 저
구석에서 울고, 어지르고, 말썽부리는 아이들을 쫓아다니느라 전쟁

을 치르는 유치원 보육교사처럼 박현식 감독은 야구장에서 이리 뛰고 저리 뛰었다. 하지만 아무리 열심히 뛰어도 좀처럼 답은 보이지 않았다.

"어떠십니까? 뭐, 호봉이랑 승관이가 잘 하긴 할 겁니다만…."
"글쎄, 뭐… 가끔 광(光)도 한 장씩은 들어와야지, 이건 뭐 다 흑싸리 껍데기만 들고서야 화투를 칠 수가 있나. 호균이 너라도 있었으면 어떻게든 좀 해볼 텐데 말이야. 인천 놈들 중에 제대로 된 놈 딱 하나 있는 걸 그렇게 뺏어가 버리니 원…."

칭찬 아닌 칭찬에 호균은 멋쩍은 미소로 마주했다. 뻔히 아는 사정을 놓고 뭐라 희망적인 말을 하기도 쉽지가 않았다. 하지만 박현식 감독이 웃지도 않고 씁쓸한 표정으로 대꾸하자 임호균은 마음이 더 서늘해졌다.

"뭐 요즘 대표팀은 합숙에 들어갔다지?"

박 감독이 먼저 화제를 돌렸다.

"예. 태릉선수촌에 들어가 있습니다."

"태릉? 오, 정말 확실하게 준비를 하는구먼. 거기는 올림픽이나 아시안게임 대표들만 들어가는 데 아닌가? 아마도 야구 대표팀이 태릉에 들어가는 건 처음이지?"

"예. 그렇다는 것 같습니다."

"그래. 뭐 나는 니가 없어서 아쉽긴 하지만, 너야 또 너대로 열심히 해야지. 꼭 금메달 따가지고 삼미에 합류하도록 해. 올해야 좀 죽을 쑤더라도 내년에는 나도 진짜 슈퍼스타 하나 데리고 큰소리 쳐봐야 할 게 아니냐."

"알겠습니다. 감독님."

박현식은 한국야구의 큰 어른이기도 했지만 동시에 임호균과는 같은 인천 출신으로서 한국 야구사에 당대 최고수라는 이름을 남긴 이들이라는 공통점도 가지고 있었다. 그래서 인천야구사의 맥락에서든, 한국야구사의 맥락에서든, 그 두 사람은 각기 한 시대에 관한 서술의 가장 중요한 대목에 이름을 올리는 계보의 앞 뒷장이라는 인연을 가지고 있었다. 전쟁 이전 동산중학에서 에이스 겸 4번 타자로, 하지만 때로는 내야수로, 외야수로, 포수로까지 전천후로 활약하며 인천을 한국야구의 중심으로 일으킨 것이 박현식이었다. 그리고 70년대 중반 전무후무한 날카로운 제구력 하나를 무기로 들고 나타나 홀로 약체 팀 인천고의 마운드를 이끌며 60년대 후반부터 70년대 초반까지 이어진 인천야구의 침체기에 돌파구를 연 것이 임호균이었다. 그런 박 감독의 수심을, 그런 임호균은 무심하게 넘길 수가 없었다.

"감독님. 사실… 지금이라도 제가 프로로 와야 하는 게 맞지 않을까요?"

제 입으로 뱉어놓고도 당황스러운 말이었다. 막다른 길에 몰린 박 감독의 표정과 목소리를 접하며 저도 모르게 토해낸 기침 같은 말이었다. 하지만 물론 전혀 마음에 담아두고 있지 않던 말이 새삼 떠올랐다고 할 수는 없었다. 가슴 속 깊은 곳에 잠재워두었던 것이 살살 고개를 들더니, 요 며칠 사이에 슬금슬금 목구멍을 기어 오르내리던 말이기도 했다. 고등학교를 졸업한 뒤 먼저 실업팀 철도청에 입단해 한 해 동안 뛰며 가족을 부양하다가, 이듬해 얼마간이라도 돈을 모아 놓고서야 대학으로 진학을 해야 했을 만큼 그의 집안 살림은 쪼들리고 어려웠다. 그런 그에게 한 수 아래로 보던 이들이 프로야구의 출범이라는 벼락같은 축복을 누리며 저마다 움켜쥐던 수천 만 원의 뭉칫돈은 몇 끼 굶주린 이의 눈앞에서 벌어진 불고기 파티 같은 것일 수밖에 없었다. 게다가 개막한 지 보름도 지나지 않은 그 무렵부터 벌써 꼼짝달싹할 수 없는 붙박이 꼴찌로 조롱거리가 되어가는 고향 팀 삼미 슈퍼스타즈와 그가 평생 선배님이자 선생님으로 받들던 박현식 감독의 곤혹스런 처지는 중학시절 이래 늘 홀로 마운드에서 버티며 약체 팀을 이끌었던 그의 허황되다고만 할 수 없을 영웅주의적인 자존심에 슬슬 불을 붙이고 있었던 것이다.

박 감독은 호균의 입에서 튀어나온 뜻밖의 말에 놀란 듯, 잠시 눈을 동그랗게 떴다. 하지만 곧 깊게 들이켰던 숨을 길게 내쉬며 입을 열었다.

"글쎄… 뭐 나로서는 어쨌든 고마운 얘기다. 고마운 말이야. 니가 우리 팀으로 와주기만 한다면야, 나한테 그보다 더 큰 힘이 어디 있겠냐."

호균은 새삼 가슴이 요동치기 시작하는 걸 느끼며 박 감독의 눈을 주시했다. 하지만 박 감독의 이야기는 그쯤에서 급하게 방향을 바꾸기 시작했다.

"하지만 호균아. 뭐 협회하고… 나라에서 하는 일이라서, 니가 마음을 먹는다고 해서 될 일인지도 모르겠다만, 된다고 해도 어쨌든 생각을 잘 해야 한다. 뭐 어쨌든 결정은 니가 해야 하는 일이다만, 내가 그냥 선배로만 이야기를 하자면 말이다. 내가 너한테 고향 선배이기도 하지만 국가대표로도 선배가 아니냐."

잠시 바닥을 응시하며 입술을 꾹 물었던 박 감독이, 눈을 가늘게 뜨며 호균의 얼굴 곳곳을 살폈다.

"니가 지금 몇 살이지?"
"스물일곱입니다."
"스물일곱… 적지는 않구나."

뜬금없이 나이를 묻고 들은 박 감독이 고개를 두어 번 주억거렸다. 그리고 다시 말을 이었다.

"내가 선수 유니폼을 벗은 게 내 나이 서른아홉 살 때였어. 국가대표 팀에서 은퇴하면서 선수생활을 바로 접었지. 그 뒤로 지금까지도 아마 나보다 더 오래 선수생활한 사람은 없을 거야. 이제 프로야구가 시작됐으니깐, 앞으로는 또 모르지. 근데 너 혹시 내가 나이 마흔이 다 될 때까지 국가대표 팀에 나가서 선수로 버티면서 뛴 이유가 뭔지 아냐?… 이제 와서야 유치하게 보일는지 모르겠다만, 세계대회 나가서 일본 놈들하고 한 판 붙어보고 싶어서였어. 그래서 한번 꼭 그 놈들 이겨보고 싶었다."

박 감독은 그 순간 물 위에 떨어진 먹물이 혹 하고 번져가듯, 뜻하지 않았던 곳으로까지 생각이 마구 번져가는 걸 느꼈다. 몸을 조금 일으켜 한 걸음 뒤의 테이블에 놓여 있던 컵을 들고 이미 싸늘하게 식어있던 보리차 한 모금을 들이켰다. 그리고 다시 말을 이어갔다.

"아니, 사실 처음에는 내 손으로 호무랑을 때려가지고 일본 놈들을 꺾고 아시아를 제패하겠다는 게 꿈이었지. 어릴 적에 일본 놈들이 이 뻬쓰볼 하고 논다고 그러면, 그게 신기해서 조선 아이들이 모여서 멀찍이에서 이렇게 구경을 하고 그랬거든. 그러면 그 놈들이 막 저리가라고, 더러운 조선 놈아 저리 꺼지라고 그놈들이 막 지랄을 하고 그랬다고. 그러다가 파울이라도 나고 그래서 멀찍이 우리 앞에까지 공이 굴러오면, 그 하얀 공이 신기해서 한 번 만져보려고 그러면 막 달려오면서 손 대지 말라고 욕을 하고…. 그래서 나중에 커서 야구를 시작하게 되고, 또 국가대표라는 데 선발이 돼가지고 외국에 다니면서 경기를 하고 그러다보니까, 그 놈들, 그 일본 놈들을 내가 야구로 꼭 한 번 꺾어서 복수를 하겠노라고 생각을 했던 거지. 그런데 말이야, 내가 서른네 살 때 그러니까 63년도에 아시아선수권대회에서 그걸 덜컥 이뤄버린 거야. 그 때 일본하고 결승전을 1,2차전으로 두 번을 했는데, 결승 1차전 때는 내가 호무랑을 때려서 이겼고… 또 2차전 때는 뽀볼로 나갔다가 내 뒤에서 웅용이[3]가 안타를 쳐 가지고 내 발로 결승득점을 올렸다고. 그래서 두 판을 다 이기고 처음으로 일본을 이겼고, 또 그래서 처음으로 아시아에서 우승을 했어. 그래서 이제 됐다 싶어서 은퇴를 하려고 마음을 먹고 보니까… 어렸을 때 만날 공 주우러 쫓아다니던 미군 부대 생각이 나더라고. 지금은 다 옮겼지

---

3) 김응용. 박현식의 뒤를 잇는 거포. 한일은행과 국가대표팀 감독을 거쳐 해태 타이거
   즈와 삼성 라이온즈에서 프로야구 사상 유일무이한 10회 우승의 위업을 남겼다.

만 옛날에는 인천에 미군 부대가 많았잖아. 그거 어렸을 때는 몰랐지만 크면서 생각해보니까 되게 자존심 상하고 그랬는데 말이야."

박 감독은 그 대목에서 한 번 싱긋 웃었고, 손에 쥔 컵을 들어 다시 물 한 모금을 넘겼다.

"또 내가 군대도 미군에 카투사로 입대를 해가지고 걔들이랑 야구를 같이 했었잖아. 그 때도 되게 무시당하고 구박받고 그랬거든. 그런데 은퇴를 하려니까 갑자기 그 생각이 나면서, 그 미국 놈들 만나서 한 번 두들겨서 이겨놓으면 내가 더는 야구에 관해서 여한이 없을 것 같더라고. 그래서 노망났다는 소리까지 들어가면서, 나보다 더 나이가 어린 감독들하고까지 어울려가면서 야구를 5년 더 한 거야. 결국 미국을 이겨볼 기회가 오지는 않았지만 말이야."

박 감독의 눈에서 입으로, 가슴께로, 다시 무릎가로 옮겨가던 호균의 시선은 아예 바닥으로 박혀 있었다. 무슨 큰 잘못이라도 한 듯 고개는 턱이 가슴에 닿을 만큼 푹 수그려져 있었다.

"얼마 전에 진영이[4]를 잠깐 봤다. 그 자식, 이번에도 대표팀 선수단 총무로 갔다며. 그 녀석이 그러는데 뭐, 좀 어려운 점은 있지만, 잘 하면 이번에는 우승도 해볼 수 있는 기회라고 하더라고. 세계선수권대회 우승이라… 얼마나 대단하냐. 일본 놈들한테 욕 먹어가면서도 그게 신기하다고 구경하고 있던 놈들이, 그래서 미군부대 담장 근처에 얼쩡거리면서 어떻게 공 하나 주워갈까 기웃거리던 놈들이, 불과 삼십년 만에 세계 정상을 노린다는 게 말이다. 인천에도 임호균이 필요하지만 대한민국도 지금 임호균이 간절하게 필요한 거다. 삼미는 내년에도 야구를 하지만, 사실 국가대표팀이 세계 정상에 도전할 수 있는 건 올해가 마지막일 수도 있어. 내년부터는 국가대표팀에 최동원이도, 임호균이도, 김재박이도, 장효조도 없을 거 아니냐. 뭐 말하자면 제대로 된 국가대표팀은 이번이 마지막일 수도 있는 거야. 나야 지금 당장 임호균이가 엄청 아쉽다만, 임호균이에게는 해야 할 좀 더 큰 일이 있는 것 같애. 뭐 당장 오늘 또 한 게임 지고 나면 내 생각은

---

4) 김진영. 당시 인하대 감독. 1950년대 초반 인천고 전성기의 주역이며, 유격수로서 박현식과 더불어 60년대 국가대표팀의 주축이었다. 동산고 출신 박현식과 더불어 인천야구의 양대 산맥으로 불리는 원로이며, 훗날 박현식에 이어 1983년도부터 삼미 슈퍼스타즈의 감독을 지내기도 했다

바뀔지 모르겠다만… 어쨌든 생각 잘 해야 해."

1954년에 창설된 아시아 야구선수권대회 첫 대회부터 1965년 6
회 대회까지 한 번도 거르지 않고 출전해 온갖 홈런에 관한 기록들을
세웠고, 결국 6회 대회 때는 '아시아의 철인상'이라는 이름의 특별상
까지 받았던 큰 별의 내공과 연륜이 담긴 묵직한 한마디였다. 임호균
은 더 이상 말을 잇지 못했고, 쫓겨나듯 멀찍이 외야 쪽의 관중석으
로 자리를 옮겼다.

그 날의 경기에서도 삼미는 대패를 면치 못했다. 선발투수 인호봉
이 3회 만에 다섯 점을 내주고 무너지자 박 감독은 김동철, 박상연,
감사용을 줄줄이 마운드로 올려 보냈고, 결국 이기는 건 고사하고 경
기를 어떻게든 끝내고 퇴근이라도 하기 위해 다음 경기에 내보내야
할 선발투수 김재현마저 소모한 끝에 13대 3으로 간신히 경기를 마
무리할 수 있었다. 조홍운과 장정기와 양승관이 안타 두 개씩을 때려
내며 나름대로 분전했지만 김준환과 김봉연과 김성한이 연달아 홈
런포를 펑펑 쏘아 올린 해태 타이거즈의 위력을 당해낼 수가 없었다.

이미 7회 말이 끝날 때쯤 썰물처럼 사람들이 쓸려 나가버린 텅 빈
관중석을 지키던 임호균은 경기가 모두 끝난 뒤에도 한참을 혼자 앉

아 있었다. 그러다가 '야, 이 자식들아. 야구 똑바로 해' 따위의 성난, 아니 '차라리 그냥 해체를 해버려라, 이놈들아' 따위의 허탈한 관중들의 야유소리마저 잦아들 무렵 천천히 야구장 문을 나섰다. 마침 그곳에서는 두 점짜리 홈런 한 방을 포함해 안타를 세 개씩이나 때려내며 타율을 한껏 올린 김봉연이 한쪽 어깨에는 가방과 배트를 메고 싱글벙글 웃으며 버스를 향해 걸어 나서고 있었다. 임호균이 멀찍이서 말을 걸었다.

"고만 좀 두들기쇼. 애들 불쌍하지도 않수? 아주 삼미 투수들 털어서 홈런왕 한번 해볼라고 작심을 하셨나보구만."

"어, 호균아. 여긴 웬일이여? 께임 보러 왔냐? 아, 박 감독님 뵈러 왔겠구마…."

김봉연이 고개를 들어 호균의 얼굴을 발견하고 반갑게 맞았다. 세 살 위였고, 다닌 학교는 달랐지만 일찌감치 군대를 다녀와서 학교를 다닌 '복학생' 김봉연은 대학무대에서 호균과 늘 부딪히는 상대였다. 4년 전이던 1978년 대통령기 대학야구대회 준결승에서 이틀간 이어진 임호균과 최동원의 18이닝 완투 맞대결을 끝낸 것도 연장 18회 초에 솔로홈런을 날린 연세대 4학년생 김봉연이기도 했다.

"아니, 국가대표 4번 타자가 이렇게 프로로 도망을 쳐버리면 세계 선수권대회는 도대체 어쩌라는 거야?"

임호균이 반쯤 웃음기를 섞으며 눈을 흘겼다.

"아, 야, 호균아. 너 지금 해태 타이거쓰가 어떤 사정인지 모르냐? 나 빠지면 선수 다 합쳐서 열세 명이여, 열세 명. 4번 타자고 나발이 고 아예 께임을 뛸 수가 없당게. 여다 비하면 그래도 삼미는 양반이 여. 그래도 선수가 스물 댓 명은 되잖냐."

김봉연이 정색을 하고 엄살을 부리는 모양을 보면서 임호균은 속 으로 웃음이 나면서도 슬쩍 부아가 솟았다.

"아, 숫자 암만 많으면 뭐 해. 다 허깨비들인데. 해태야 열네 명이라 도 거진 다 국가대표 출신들이더구만, 삼미는 뭐 되는대로 다 주워다 가 채워놓은 숫자가 뭐가 중요해. 당장 오늘만 봐도 삼미 투수 다섯

이 해태에서 1인 2역 하는 김성한 하나를 못 당하는 거 보면 몰라? 하여간 형한테 얻어터지는 삼미도 불쌍하고, 또 형이 없어서 대표팀도 아주 망하게 생겼어. 지금 홈런 때릴 놈이 아무도 없어. 효조랑 해창이 형이 돌아가면서 4번을 치게 생겼다고. 지금이라도 얼른 나랑 태릉으로 갑시다."

임호균은 아예 김봉연의 손목을 잡고 끄는 시늉을 했다.

"허허. 야. 나도 마음은 가고 싶당게. 국가대표가 맘 편허고 좋지, 프로야구 이거 아주 피곤해. 너도 내년에 와 봐. 아주 맨날 교체도 없이 께임 뛸라니까 입에서 단내가 나, 그냥. 나 이거 발목 다쳐가지고 쩔뚝거리면서도 억지로 뛰는 거 못 봤냐?"

태릉의 숙소로 돌아온 임호균은 좀처럼 마음을 잡을 수가 없었다. 쪼들릴 대로 쪼들려 생기를 잃은 부모님의 얼굴과 몰릴 대로 몰린 데다 또다시 난타를 당하며 눈을 질끈 감아버리던 박현식 감독의 난감한 얼굴이 겹쳐졌다. 투수라고 생각해보지도 않았던 김성한의 밋밋한 공에 연신 헛방망이를 돌리던 삼미 타자들이 새삼 한심했고, 도살장에라도 끌려가듯 줄지어 등판했다가 뭇매를 맞고 줄지어 강판하던 삼미 투수들의 얼빠진 몸짓에 화가 치밀어 올랐다. '내가 있었다면, 나만 있었다면…'하는 생각이 머리에서 지워지지 않았다.

그렇게 한 며칠 호균은 몸살을 앓았다. 마음이 흩어지자 몸에도 힘이 모이질 않았고, 당장이라도 가방을 싸들고 태릉선수촌을 벗어나 인천의 삼미 슈퍼스타즈 연습장으로 달려가고 싶은 마음이 굴뚝같았다. 하지만 그럴 때마다 박현식 감독의 목소리가 요동을 치던 몸과 마음을 꾹 눌러대곤 했다. 나라의 부름. 세계제패의 꿈. 국가대표. 사실상 마지막일지도 모를 국가대표. 그리고 자칫 잘못하면 프로와 아마 사이에서 미아가 되어버릴 수도 있다는 이해창의 이야기.

하지만 결국 며칠 못 가 그런 갈등에 마침표를 찍어주는 사건이 일어나고 말았다. 4월 25일. 춘천에서 OB 베어스를 만난 삼미는 2회까지 8점을 선취하며 멀찍이 달아났고, 승부는 이미 끝난 거나 다름없어 보였다. 내세울 만한 투수는 없었지만 '도깨비 팀'이라고 불릴 만큼 가끔 한 번씩 폭발하는 방망이만큼은 무시할 수 없는 팀이 삼미였다. 하지만 3회 초에 들어서자마자 선발투수 감사용이 갑자기 흔들리며 4점을 내준 것을 시작으로 다섯 명의 투수가 21개의 안타를 얻어맞으며 12점을 내주었고, 결국에는 12대 11의 극적인 대역전패를 헌납하고 말았던 것이다. 아무리 삼미라고 해도 해서는 안 될 경기였고, 아무리 약한 팀이라고 해도 당해서는 안 될 처참한 유린이었다.

하지만 더 큰 충격은 다음 날 저녁 TV 뉴스를 통해 전해졌다. 전날 경기가 끝난 뒤 삼미그룹 김현철 회장이 박현식 감독으로부터 직접 지휘권을 회수해 이선덕 코치에게 넘겼다는 소식이었다. 박현식 감독을 '총감독'으로 승진시켜 발령냈다는 보도. 하지만 그것이 '경질'의 좀 순한, 아니 위선적인 표현이라는 것은 야구인이라면 누구나 알 수 있는 일이었다. 13경기. 금메달을 따고 돌아와 내년을 도모해보자고 했던 노선배는 단 13경기만을 지휘한 채 3승 10패라는 초라한 성적을 남기고 일선에서 물러나는 처지가 되고 말았던 것이다. 임호균은 곧장 자리를 박차고 일어나 국가대표팀 숙소의 감독실 문을 두드렸다.

"감독님. 호균입니다."
"어, 들어와라."

선수촌의 감독실은 깔끔했다. 안쪽의 숙소 공간 외에도 간단한 응접공간과 사무공간이 딸려 있었다. 어우홍 감독은 소파에 앉아 신문을 읽다가 돋보기를 벗으며 호균을 맞았다.

"피곤할 텐데 일찍 자지 않고, 무슨 일이냐. 앉아라."

"네, 감사합니다."

어우홍 감독은 읽던 신문을 내려놓고 호균을 응시했다. 호균도 얼른 입을 떼지 못하고 맞잡은 두 손의 손가락으로 서로 만지작거리고 있었다. 뭔가 간단치 않고 쉽지 않은 얘기를 가슴에 담고 왔다는 것을 어 감독도 느낄 수 있었다.

"커피라도 한 잔 주랴?"

"아, 아닙니다."

호균이 갑자기 정신이 난 듯 두 손을 풀고 정자세를 하며 감독과 눈을 맞추었다.

"그래, 뭐… 할 말이라도 있냐?"

서른이면 선수생활을 접고 지도자로 넘어가는 것이 정석이던 시절이었다. 그래서 삼십대 중반이면 지도자 중에서도 중견에 속했고,

마흔이면 국가대표 감독으로도 손색이 없던 시절이었다. 당장 70년 대 후반 국가대표팀을 이끌며 니카라과 슈퍼월드컵에서 우리나라의 역사상 첫 국제대회 우승을 이루는 등 최고의 성과를 올렸던 것도 30 대 후반의 김응용 감독이었다. 하지만 그렇게 지도자 인생의 절정기를 맞던 이들이 모두 프로야구 판으로 건너가고, 앞서 국가대표팀을 맡고 있던 김응용 감독마저 미국 유학을 떠나며 자리를 비우자 대표팀 감독의 중책이 맡겨진 것은 이미 재야의 원로로 분류되던 오십대 중반의 어우홍이었다. 하지만 기껏 국가대표팀 감독이라는 어려운 자리로 모셔진 그의 진로는 가시밭길이었다.

물론 그 중 가장 큰 골칫거리는 프로와 선수를 나누어 써야 하는 고충이었다. 국가대표팀 감독이라는 자리가 가진 매력의 첫 번째는 역시 국내 모든 야구선수들 중 최고들만을 직접 골라서 쓰는 전권을 휘두를 수 있다는 점이었다. 하지만 그 권한의 범위가 고작 7명으로 줄어들었기 때문에 '이 녀석이 나을까, 저 녀석이 나을까' 하는 즐거운 고민을 해가면서 감독이 혼자 즐거운 고민에 빠질 기회는 애초에 사라지고 말았다. 그래서 어우홍 감독은 그런 호사스런 즐거운 고민 대신 턱없이 부족한 카드를 만지작거리며 '어떻게 해야 공백이 가장 적은' 전력을 만들 것인가 하는 문제를 가지고 고심하다보면, 스스로 한심해서 짜증이 날 지경이었다.

하지만 그렇게 알 만한 사람들은 한결같이 '역대 최약체 대표팀'이라고 진단을 하고 있었음에도 불구하고 야구에 대한 지식과 이해가부족한 정부 관리들, 특히 '각하'는 잠실야구장 개장과 태릉선수촌 입촌 혜택 등의 파격적인 지원을 해주었으니만큼 당연히 3위 안에는들 것이고 조금만 분발하면 우승도 크게 어려운 것은 아니지 않겠느냐는 기대를 하고 있는 판이었다. 늘그막에 '나무 위에 올려놓고 흔들기'를 당하는 꼴이라는 딱한 눈길을 받는 것이 그래서 그 무렵 어우홍 감독의 처지였다.

"감독님… 힘드시죠?"

뜬금없는 제자의 걱정에 어 감독은 한동안 답을 않고 눈을 껌벅였다. 말을 뱉은 호균도 지레 얼굴이 붉어져 옴을 느꼈다.

"그래… 뭐 그래도 니가 많이 도와주고 그래서 할 만하다. 너도 많이 힘드냐?"

어 감독이 슬쩍 받아 넘기며 호균의 낯빛을 살폈다. 호균의 머릿속에서 숱한 단어와 이야기들이 순간적으로 얽혀 요동을 쳤다. 하지만 길게 시간을 끌수록 곤혹스러움은 더해질 수밖에 없었다. 어차피 충분히 많은 시간 깊이 고민하고 생각했던 문제였다. 이제 와서 되돌릴 수는 없다고 생각했다. 호균은 주먹을 불끈 쥐어 양 무릎 위에 올려놓은 채 어 감독의 눈을 똑바로 쳐다봤다.

"감독님. 제가 사실… 드릴 말씀이 있어서 왔습니다."

어 감독도 흔들림 없는 눈빛으로 호균을 바라보며 말했다.

"그래. 말해봐라."

"제가… 사실… 많은 생각을 해봤습니다. 오늘 삼미에서 박현식 감독님이 해임되셨다는 뉴스를 보면서도 많은 생각을 했고… 또, 며칠 전에 잠시 집에 다녀오면서 부모님을 뵙고도 여러 가지 생각을 했습니다. 사실 뭐, 제가 동원이나 시진이에 비하면 그렇게 대단한 투수도 아니고, 또 그렇지만 제 나름대로 어디서든 한몫을 해낼 수 있다고 생각도 합니다만…."

호균은 문득, 말을 한다는 것이 미로를 헤매는 것과 비슷하다는 생각을 했다. 가장 적절할 것 같은 단어를 택하고 가장 부드러울 것 같은 이야기를 골라서 입에 담지만, 그것이 입 밖으로 나온 순간부터 뭉게뭉게 만들어내는 엉뚱한 의미와 느낌들로부터 벗어나 이야기의 본론으로 돌아가기 위해 또 다른 다리를 건너야 하고, 그러다 보면 자꾸 동심원을 그리는 것 같은 답답함에 지레 얼굴이 붉어지고 등줄기에 땀이 맺혔다. 하지만 그대로 말을 끊을 수도 없으니 쉴 새 없이 입은 움직이고 있었지만, 제가 뱉은 말에 제가 밀려다니는 황당한 난감함에 혀는 점점 굳어갔고, 결국 이리저리 흩어지는 시선 속에 두 손은 바삐 뒷머리를 긁다가 서로 맞잡고 만지작거리다가 이마에 배어 나오는 진땀을 닦아내면서, 혀 짧은소리마저 내고 있었다.

"한편으로는 이제 막 들어온 동열이나 노준이나, 이런 친구들이 당장은 부족한 면이 많겠지마는… 또 시진이나 동원이 같은 친구들한테 배우면서 실력이 많이 늘 것 같기도 하구요. 또 그러면 충분히 가을에 대회가 시작될 때쯤에는 한몫해낼 친구들 같기도 하고…."

어 감독이 문득 말을 자르고 들어왔다.

"그래. 투수들 중에 제일 고참인 니가 많이 애쓰고 노력을 해주니까, 나도 희망적으로 보고 있다. 고맙게 생각하고. 그런데, 그래서 결국 하고 싶다던 얘기가 뭐냐?"

툭, 말허리를 잘리고 보니 민망함에 얼굴은 한층 더 달아올랐다. 그렇게 황망하게 말문이 막히긴 했지만, 호균은 순간 어 감독에게 고맙기까지 한 기분이었다. 그러지 않고서는, 도저히 스스로는 끝낼 수가 없는 말의 미로에 빠져 있다가 간신히 건져진 기분이었다. 하지만 그렇게 한순간 안도감이 밀려오자 다시 달아올랐던 가슴이 서늘하게 식는 게 느껴졌다. '그냥, 별 얘기 아니었다고 둘러대고 도망쳐버릴까?' 싶은 생각에 호균은 잠시 입술을 깨물며 침묵했다. 하지만 그러고 나면 도저히 다시는 기회를 얻을 수 없을 것 같았다.

'일단 저지르자.'

짧게 심호흡을 한 그가 눈을 동그랗게 뜨며 다시 입술을 열었다.

"그래서 말씀인데…."

그런데 그 때 누군가가 감독실 문을 다급하게 두드렸다.

"감독님. 배 코칩니다."

어 감독이 잠시 호균의 눈을 바라보고는, 고개를 돌려 문 쪽을 향했다.

"어, 들어와."

배성서 코치가 들어섰다. 들어오자마자 허리를 꾸벅 숙여 감독에게 인사를 한 뒤에야 배 코치는 소파에 호균이 앉아있는 것을 발견했다. 호균이 얼른 자리에서 일어나 배 코치에게 인사를 했다. 배 코치는 한 손을 들어 호균에게 답례를 한 뒤 감독을 향했다. 한눈에 보기에도 뭔가 크게 난감한 일을 안고 온 눈치였다.

"늦은 시간에, 무슨 일인가?"

어 감독이 묻자 배 코치는 뭔가 말을 하려다 말고 호균 쪽으로 눈짓을 했다. 선수를 내보내는 것이 낫지 않겠느냐는 눈치였다. 하지만 엉겁결에 엉거주춤 몸을 일으키려고 하는 호균을 어 감독이 만류했다.

"왜, 뭐 비밀 얘기야? 호균이는 괜찮아. 투수조장이잖아. 웬만하면 그냥 얘기해. 호균이도 뭐 아직 할 얘기가 있다고 그러기도 하고."

어우홍 감독은 한창 시절 맹장으로 이름을 날리던 지도자였다. 하지만 선수들의 일상 하나하나에 끼어들고 간섭하기보다는 고참급 선수들에게 어느 정도 믿고 맡기며 의존하는 스타일이기도 했다. 특히 포지션별 최고참 선수들에 대해서는 코치에 버금가는 대우를 하는 일이 많았다. 호균은 어 감독이 자신을 단순한 선수가 아닌 동반자로 여기고 있음을 새삼 느꼈고, 문득 마음이 무거웠다.

배성서 코치가 살짝 고개를 저으며 다시 입을 열었다.

"저, 감독님. 일권이가…나갔습니다."

"일권이가? 어디로? 왜, 오늘 외출금지 내렸나? 그런데 무시하고 그냥 술 한 잔 하러 나갔다는 얘긴가?"

어 감독은 그게 뭐가 그리 심각한 얘기냐는 듯 무심하게 받았다. 하지만 배 코치는 더욱 고개를 숙이며 말했다.

"그게… 아니고, 대표팀을 나가겠다고 하고 나갔답니다. 해태… 타이거즈로 가겠다고…."
"뭐? 해태로 간다고? 일권이가?"

어우홍 감독의 목소리가 갑자기 굵어졌다. 팀 무단이탈. 코칭스태프와 야구협회에 대한 반항. 김일권을 부동의 1번 타자 겸 중견수로 놓고 짜놓았던 어우홍 감독의 전력 구상이 일시에 산산이 부서져 내리는 순간이었다.

　임호균은 결국 입에 담아갔던 말을 꺼내지 못한 채 돌아와야 했다. 아니, 마음에 담아두었던 생각마저 내려놓은 채 돌아와야 했다.

　김일권이 대표팀 숙소를 이탈해 프로팀 해태 타이거즈에 합류해 버린 사건은 국가대표팀과 해태 타이거즈, 아니 아마추어 야구를 담당하는 야구협회와 프로야구를 총괄하는 야구위원회 사이에 시커먼 먹구름을 몰고 왔다. 야구협회에서는 격앙된 분위기를 가라앉히지 못했다. 그리고 김일권이 앞으로 프로야구와 아마추어 야구 어느 곳에서도 뛸 수 없도록 선수자격을 영구적으로 박탈하는 중징계를 내려야 한다고 강력하게 주장했다. 하지만 한국야구위원회 쪽에서는 '이왕 이렇게 된 거 선수생명을 그냥 끊어 놓아서야 되겠느냐'면서 '프로에서라도 쓸 수 있도록 양해를 해달라'고 손을 내밀었다. 물론 사리를 따지자면 선수가 자기 의지대로 뛸 곳을 결정하는 것을 누가 간섭하고 나무라고 처벌할 수는 없는 일이었다. 하지만 김일권 말고도 가뜩이나 프로행을 원하는 스타급 선수들을 여섯 명이나 온갖 명분과 얼마 되지 않는 당근, 그리고 은근한 협박까지 동원해 간신히 묶어두고 있던 야구협회 입장에서는 어떤 대책이든 동원하지 않으면 안 될 심각한 사태임에 분명했다. 그것이 또 다른 선수들의 연쇄적인 이탈이나 팀워크의 붕괴로 번지지나 않을까 걱정하지 않을 수가 없었기 때문이다.

사정이 그렇다보니 태릉의 국가대표 선수단 숙소는 초비상이었다. 코치들은 날마다 선수들을 개인면담하며 다독였고, 외출도 되도록 억제하려고 드는 형편이었다. 특히 남아있던 여섯 명의 보류선수들은 일거수일투족에 온갖 주변 사람들의 조심스럽지만 부담스러운 시선을 느껴야 했다. 그런 마당에 임호균이 또다시 프로팀으로 가겠노라고 선언을 하기라도 한다면 어우홍 감독이 뒷목을 잡고 쓰러지는 것이 문제가 아니라 국가대표팀 자체가 모래성처럼 붕괴되어버릴 수도 있었다.

야구협회가 강경하게 김일권의 처벌을 주장한 것과 달리 프로 쪽에서는 그를 프로선수로 인정받도록 하기 위해 집요하게 움직였다.

우선 김일권에 대한 보유권을 가진 팀인 해태 타이거즈가 연고지로 삼고 있던 호남지역 내에 선수가 절대적으로 부족했던 사정 탓에 달랑 14명만으로 창단식을 치르기까지 했던 열악한 상황을 내세웠다.

전쟁이 터지면서 깊은 잠에 빠져버린 호남야구는 1974년에 군산상고가 황금사자기 대회 결승에서 극적인 역전승을 이끌어낸 이른바 '역전의 명수' 사건[5]을 계기로 깨어나기 시작했다. 하지만 뒤늦게 야구를 시작한 광주지역 고등학교의 졸업생들은 프로가 출범하던 1982년 무렵에 간신히 대학물을 먹고 있는 처지일 뿐이었고, 그래서 그 당시에 제대로 된 졸업생을 배출해내는 고등학교가 호남을 통틀어 군산상고 외에는 없었다. 해태 타이거즈가 간신히 14명을, 그것도 대부분 군산상고 출신 선수들로 채운 명단으로 창단식을 치러야 했던 이유가 그것 때문이었다.

또한 군사정부의 무력진압으로 숱한 피를 흘렸던 광주시민들과 그들의 저항을 지지하던 이들의 정치적 적대감을 무마하려는 것이

---

5) 1974년 황금사자기 고교야구대회 결승전에서 부산고에 4대 1로 끌려가던 군산상고가 9회 말에 대거 넉 점을 빼앗으며 극적으로 역전우승을 했던 사건. 그 일을 계기로 군산상고에는 '역전의 명수'라는 별명이 붙여졌는데, 그 대회에서 군산상고의 주축선수들인 김봉연, 김준환, 김일권 등이 훗날 호남권 연고의 프로팀인 해태 타이거즈의 주축 멤버로 활약하게 된다.

프로야구 출범의 한 가지 동기였다는 점에서, 그런 열악한 조건의 해태 타이거즈가 최소한의 경쟁력을 가지도록 부양하는 것 역시 정권 차원의 관심사라는 점을 외면할 수 없었다. 그런데 프로야구 리그의 수준을 최소한이라도 유지하면서 전력 평준화를 이루기 위해서라도 김일권은 꼭 필요하다는 것이 한국야구위원회가 내세우는 명분이었다.

그뿐만 아니라 당시 프로야구의 출범과 운영의 전체 과정을 총괄하다시피 하고 있던 사무총장 이용일이 김일권을 보는 개인적인 시선이 개입되어 있었음도 부정할 수 없었다. 이용일은 1960년대 초반부터 자신의 고향 군산에서 초등학교, 중학교, 고등학교 야구팀을 만들어 호남야구의 씨앗을 뿌린 장본인이었고, 그 초창기에 직접 키워내다시피 한 제자가 바로 군산상고 출신으로 '역전의 명수' 신화의 주역 중 한 사람인 김일권이었던 것이다. 도저히 그냥 실격시켜버리고 말 수 없는 개인적인 인연도 있었던 것이다.

결국 '아마추어 선수로서의 자격'만 영구 박탈한다는 선언적인 처벌로 김일권 문제는 마무리가 되고 말았다. 이미 프로행을 결심한 선수에게 아마추어 자격을 박탈한다는 징계위원회의 결정, 그것은 시집가는 여자에게 처녀 자격을 박탈한다는 얘기만큼이나 허무한 말

장난이었다. 단, 더 이상의 이탈선수가 나온다면 그에 대해서는 관용을 베풀지 않는다는 이면의 합의가 오고 간 것이 오히려 후속조치의 핵심이라면 핵심이었다.

그리고 며칠 뒤부터 김일권은 해태 타이거즈 유니폼을 입고 언론 지면에 등장하기 시작했고, 곧 경기에 출전하기 시작했다. 국가대표팀 붙박이 선두타자답게 김일권은 거의 매 경기 도루를 성공시키며 센세이션을 불러일으켰고, 동시에 만만치 않은 파워로 같은 팀의 김봉연, 김준환, 김성한에 못 미치지 않는 홈런포까지 가동하며 그렇지 않아도 뜨겁던 해태 타이거즈의 타선에 한층 불을 당겼다. 프로무대에 합류한 지 며칠 만에 어린애 팔 비틀어 비스킷 뺏어먹는 고등학생처럼 종횡무진 질주하는 김일권을 보며 태릉에 남아있던 동료들의 마음은 더욱 착잡해졌다. '나도 지금 프로에 있었다면' 으로 시작하는 상상을 도저히 끊을 수 없게 만들었기 때문이다.

어쨌든 그로써 프로진출 유보 선수는 결국 7인에서 6인으로 줄어들게 됐다. 최동원, 임호균, 심재원, 이해창, 김재박, 유두열. 그 사건을 계기로 그 여섯 명은 마음 속에 살아있던 현실적인 갈등을 내려놓고 주저앉는 수밖에 없게 됐다. 역설적이게도 제일 앞서 선수단을 탈출한 김일권은 나머지 여섯 명의 발목을 단단히 묶어두는 동아줄 구실을 한 셈이 된 것이다.

어우홍 감독은 그 사건을 계기로 훈련의 고삐를 한껏 당겼다. 산만해진 분위기를 추스르고 선수들 머릿속에 맴도는 쓸데없는 생각들을 지우기 위해서라도, 그리고 조금 더 약해진 전력을 메우기 위해서라도 강한 훈련은 불가피했다. 그리고 이제 그가 할 수 있는 일은 그것밖에 남지 않은 셈이기도 했다.

하지만 강한 담금질은 쇠를 단단하게도 만들지만 조금만 지나치거나 어설프게 두드린다면 망가지게 만들 수도 있는 법이다. 강한 훈련 역시 팀을 더욱 단단하게 만들 수도 있지만, 자칫하면 모래알처럼 부서지게 만들 수도 있다. 몸으로나 마음으로나, 충분히 준비되지 못한 채 강훈련에 돌입한 국가대표팀은 곳곳에서 균열의 조짐을 보이기 시작했다. 우선 몸이 피곤하고 신경이 날카로워지자 선수들은 쉽게 의지할 수 있는 이들끼리 뭉치기 시작했고, 밥을 먹을 때건 쉴 때건, 혹은 단체훈련을 할 때건 두 개의 무리로 나뉘기 시작했던 것이다.

대개 야구팀이 훈련을 하다 보면 투수들과 야수들이 따로 뭉쳐 다니고 패를 이루는 경우가 많다. 같은 야구선수라고 해도 투수와 야수는 훈련의 종류가 다르고 경기를 이끌어가는 심리적인 바탕이 다르기 때문이다. 하지만 그 무렵 국가대표팀을 가른 것은 '역할'이 아닌 '세대'였다. 몇 해째 비행기를 타고 전 세계를 돌아다니며 낯선 해외의 숙소에서 몸을 부대꼈던, 그리고 나라의 이름을 걸고 함께 힘을 모으며 고락을 함께 해 온 기존의 국가대표 멤버들이 있었고, 프로무대로 대거 빠져나간 선배들의 빈틈으로 비집고 들어온 햇병아리 신예들이 있었다. 전자에 속하는 것은 6명의 보류선수들을 중심으로 군인 팀에서 복무하다가 합류한 장효조, 김시진, 정구선 같은 이들이었다. 반면 후자에 속하는 것은 김상훈, 한문연, 한대화, 조성옥 같은 대학생 선수들이었는데, 그들 중에서도 제일 막내에 해당하는 것은 한 해 전까지만 해도 청소년 대표팀에서 뛰다가 이번 대회를 맞아 성인 대표팀으로 승격된 고려대생 선동열과 박노준이었다. 대표팀에서 제일 고참인 이해창과 막내 선동열이 아홉 살 터울이었으니 만만치 않은 세월을 사이에 둔 셈이기도 했다.

하지만 물론 본질적인 문제는 나이가 아니었다. 마치 수십 대 일의 경쟁률을 뚫고 시험을 치러 입학한 명문학교 선배들이, 하루아침에 추첨제로 바뀐 입시제도를 통해 입학하게 된 후배들을 고이 인정하지 못하는 것과 같은 심리가 기존 국가대표 멤버들의 마음속에는 자리 잡고 있었다. 늘 국가대표라는 정체성으로부터 '최고'라는 자부심을 확인받았던 이들로서는 프로 출범이라는 돌발변수 덕에 갑자기 확연하게 낮아진 문턱을 넘어 넘쳐 들어온 후배들이 못 미덥고, 못 마땅할 뿐만 아니라, 왠지 한 덩어리로 취급받고 싶지 않아 자꾸 반걸음씩 떨어져 서고 싶은 묘한 기분을 느끼고 있었던 것이다.

"대화야, 니가 좀 더 움직였어야지."

동국대 3학년생 김민호가 밀어 친 타구가 유격수와 3루수 사이를 꿰뚫었고, 2루에 있던 1학년생 이건열이 홈으로 뛰어들며 경기가 종료됐다. 4대 3. 마운드에 서 있던 김시진은 글러브를 내던졌고 공에 한 발 못 미친 유격수 김재박은 허리춤에 두 손을 올린 채 한숨을 내쉬었다.

연습경기는 연습일 뿐이라지만, 연패만큼은 피해야 했다. 지는 것에 익숙해져서는 안 되기 때문이다. 그리고 불안감이라는 또 하나의 적을 만드는 것도 곤란한 일이기 때문이다. 더구나 끝내기 패배는 더욱 피해야 한다. 모든 팀원들의 '꼭 이기고 싶다'는 마음이 한 곳에 모인 순간에 한꺼번에 겪이는 일이 되기 때문이다. 오히려 정식 시합에서의 끝내기 패배는 좋은 경험이 되고 투지에 불을 붙이기도 하지만 연습경기에서의 끝내기 패배는 모두의 진을 뽑아내기에 딱 알맞은 것이다. 선수들이 무거운 발걸음을 옮겨 라커룸에 모였을 때, 배성서 코치가 꺼낸 첫 마디가 한대화를 향했다. 한대화가 억울하고 당황스럽다는 듯 눈을 치켜떴다.

"아, 코치님. 그건 저보담은 유격수 쪽에 가까운 공이었는데요…."

군이 반항의 의미를 담으려고 한 것은 아니었다. 하지만 그렇지 않아도 끝내기 점수를 내주는 순간 고참급 선수들이 돌아가며 눈총을 던져댈 때부터 품었던 억울한 심경이 무의식중에 튀어 올랐다. 고참들이 엉뚱한 자신에게 책임을 전가해 희생양을 만들려는 분위기를 읽었기 때문이다. 하지만 그래도 싸우려는 생각이 아니라면 해서는 안 될 말이기도 했다. 그건 내야 수비의 지휘자인 김재박에게 정면으로 책임을 전가하는 말이 될 수도 있었기 때문이다.

"야, 인마. 그럼 그게 재박이 행님 책임이란 말이고?"

장효조가 불쑥 끼어들었다.

"아니, 선배님, 그런 말씀이 아니구요… 어차피 안타는 안탄데, 물론 딱 잘 맞은 거는 아니었지마는, 그래도 제가 뛰어간다고 해서 잡을 수 있는 공은 아니었다는 말씀이지요."

대화가 조금 결 죽은 목소리로 변명을 했다.

"아, 됐어, 됐어. 내가 맞았는데 뭐. 안타 맞어, 안타. 내가 좀 더 잘 던져서 딱딱 야수 정면으로 갖다 줘야 되는데, 죽을죄를 졌어."

끝내기 안타를 맞는 순간부터 그렇지 않아도 표정이 영 좋지 않던 김시진이 거친 소리를 뱉고는 자리를 떴다. 그리고 그 뒤를 따라 고참 선수들이 우르르 뒤를 이어 나갔다. 그리고 다시 그들의 발길 뒤로 '어, 자식…' '아, 씨… 못 해 먹겠네' 따위 넋두리와 비아냥이 우수수 떨어져 흩어졌다.

"아, 씨, 뭐 어쩌라꼬. 머 야구도 나이로 하나? 그라믄 선배들은 딱

선 자리로 오는 거만 잡고 옆으로 새는 것들은 젊은 놈들이 열나게 뛰가가 잡아다 바쳐야 되나?"

잠시 적막이 흘렀고, 그 경기에서 2루수로 뛰었던 박영태가 굵은 부산 사투리로 한마디를 던지고는 또 다른 방향으로 자리를 떴다. 분위기는 최악으로 끌려가고 있었다.

나이가 어리고 경력이 짧다고 해도 자신의 실력에 대해 의심을 품은 이들은 아무도 없었다. 저마다 다 청소년 대표와 대학선발팀 대표를 거친 이들이었고, 나름대로 '신동'이라느니 '보물'이라느니, 혹은 '재목'이라느니 '제2의 아무개'라느니 하는 닉네임 하나씩 가지지 못한 이들이 없었다. 그런 그들에게 고참들의 잔소리는 그저 텃세일 뿐이었고, 나이를 무기로 찍어 눌러 자신들의 입지를 지키려는 속 좁은 짓들일 뿐이었다.

"하이고… 깜깜하다. 쉐끼들 실력은 좆도 없는 것들이 겉멋만 들어가지고 어슬렁거리기나 하고. 저것들 믿고 어떻게 같이 께임 하나? 내는 모르겠다."

장효조가 먼저 입을 열었다. 그러자 장효조와 고교와 대학을 거쳐 군대에서까지 손발을 맞추고 있는 두 살 터울의 후배 김시진이 맞장구를 쳤다.

"아, 진짜, 공 던질 때마다 움찔움찔 한다니까요. 뒤가 허전하니까. 전에 대웅이형, 재박이형, 용희형이 2루수, 유격수, 3루수로 딱 버틸 때는 '어디 쳐봐라'하고 던졌었는데, 지금은 막 히프에 구멍 난 바지 입고 맞선 나가는 기분이라니까요."

그 날 저녁 해창의 방에 모인 고참 선수들이 돌아가며 볼멘소리를 토해내고 있었다. 며칠 전 연세대와의 연습경기에 이어 그 날도 패배한 이유가 꼭 신참들 때문이라고만 할 수는 없었다. 하지만 모이고 말을 섞다보면 자연스레 만들어진 공통의 적에게 책임이 전가되기 마련이었다. '한 성격'하는 최동원이 빠질 리 없었다.

"투수들도 문제가 많습니다. 동열이하고 노준이하고, 이 어린 쉐끼들이 아주 지 재주만 믿고 나대는데… 제가 볼 때는 한참 멀었거든요. 고등학생들한테는 통했겠지마는, 그 정도 제구력이면 일본 애들

이 다 골라내거든요. 그리고 스라이다 각도도 그 정도 돼갖고는 팔
긴 양코들한테 다 맞아나간다니까요."

그런 식으로 조금 더 흘러가면 '한 번 불러다가 줄빠따라도 돌리자'
는 얘기라도 나올 분위기였다. 제일 고참이기도 한 방주인 이해창이
슬쩍 말을 돌렸다.

"그나저나 동원이 너는 어깨가 좀 괜찮은 거냐? 그렇게 믿을 투수
들도 없는데, 너라도 제대로 해야 되는 거잖어."
"아, 뭐, 깔끔하지는 않은데… 뭐 9월에 대회 시작될 때까지는 좋아
질 깁니더."

최동원은 새삼 어깻죽지를 돌리며 답했다.
다음 날도 아침부터 강훈련을 소화하려면 일찍 잠자리에 들어야
했다. 술이라도 한 잔 하고 싶은 심정들이었지만, 분위기가 분위기
인 만큼 자제하자는 이해창의 말을 들어야 했다. 나름대로 거칠지
만 허탈한 단어들을 흘리며 자리를 털고 일어섰다. 몸도, 마음도 무
거웠다.

어우홍 감독은 사흘 후에 벌어진 고려대와의 연습경기 출전선수 명단의 대부분을 신예들의 이름으로 채웠다. 박노준과 한문연을 배터리로 선발 투입했고 김상훈, 박영태, 한대화, 조성옥, 김정수 등을 야수로 기용했다. 김재박과 이해창이 각각 유격수와 중견수로 투입된 것이 예외이긴 했다. 완벽한 두 벌의 수비조직을 갖추기보다는 김재박이라는 리더를 중심으로 다양하게 조합되는 옵션을 마련하는 방식을 선택한 어우홍 감독의 의도가 들어있는 부분이었다. 그리고 주로 지명타자로 기용될 예정이었던 이해창이 또다시 중견수 수비에 들어간 것 역시 어우홍 감독의 어떤 의도가 반영된 것이었다. 안그래도 빠듯한 멤버들로 나서는 국제대회에서 '전담 지명타자'란 있을 수 없다는 것이 어 감독의 생각이었다. 지명타자 자리는 예측할 수 없는 다양한 상황에서 덤으로 활용할 수 있는 옵션일 뿐이지, 애초에 주어진 카드로 생각하고 준비해서는 핵심선수의 부상이라든가 하는 돌발 변수에 대비할 수가 없게 된다는 생각이었던 것이다. 역시 수많은 대회에서 수없이 다양한 상황들을 경험한 백전노장다운 치밀함이었다.

연습경기 상대인 고려대는 대학무대의 강자이긴 했지만 국가대표팀으로 차출된 선수들이 많았기 때문에 이빨이 여러 개 빠진 호랑이의 형색이었다. 당장 그 경기에서도 박노준과 김정수가 고려대 대신 국가대표팀 유니폼을 입고 원 소속팀을 향해 칼끝을 돌려 대고 있었다.

경기는 수월하게 풀렸다. 박노준이 5회까지 고려대 타선을 단 3안타 무실점으로 막았고, 김상훈과 한대화가 적시타를 때려내며 먼저 2점을 앞서 나갔다. 6회부터는 역시 고려대에서 차출된 선동열이 마운드를 이어 받았고, 그 역시 위력적인 직구를 앞세워 8회까지 안타 없이 다섯 개의 삼진을 뺏어내는 호투를 이어갔다.

위기라고 할 수 있는 상황은 딱 한 번, 9회 초에 있었다. 고려대의 1번 타자로 출전한 1학년생 민경삼이 1사 주자 없는 상황에서 타석에 들어서 8구째 만에 볼넷을 얻어 출루한 다음 도루를 감행했고, 한문연의 송구가 뒤로 빠져 중견수 앞까지 굴러가는 틈을 타서 3루까지 달려 나갔던 것이다.

두 점 앞선 상태였기에 곧바로 승부가 뒤집어질 우려까지는 할 필요가 없는 상황이긴 했다. 하지만 연습게임이라고는 해도 연패의 흐름을 끊기 위해서는 승리가 절실한 상황이었고, 기왕이면 완봉으로 깔끔하게 끝내면서 분위기 전환의 계기로 삼는 것이 필요한 순간이었다. 어우홍 감독은 투수 대신 포수를 교체했다. 한문연이 나오고 심재원이 대신 들어가 마스크를 썼다. 그 순간 보완해야 할 것은 투수의 구위보다는 그것을 활용하는 요령이라고 보았기 때문이었다. 그리고 투수 선동열이 이번 기회를 통해 그런 요령을 체득하기를 바랐기 때문이었다.

다음 타석에 들어선 것은 고려대의 3학년생 2번 타자 김광림이었다. 발이 빠르고 센스가 좋은 왼손 타자. 그를 상대로 선동열은 1구와 2구로 몸 쪽에 바짝 붙이는 슬라이더와 직구를 던졌고, 한 번의 파울과 한 번의 헛스윙으로 2스트라이크를 잡았다. 그리고 바깥쪽 직구 두 개를 유인구로 던지며 투 스트라이크 투 볼. 심재원은 승부를 결정지어야 할 5구째로 몸 쪽 슬라이더 사인을 냈다. 왼손 타자인 김광림에게는 '몸 쪽으로 휘어 들어오는' 공이 될 것이었다. 의식적으로 당겨치기를 시도할 김광림에게 몸 쪽 직구처럼 보이지만 사실은 더 휘어져 들어오는 빠른 선동열의 슬라이더라면 헛스윙을 유도하기에도 좋았고, 혹시 맞히더라도 배트를 부러뜨리며 파울을 만들 가능성이 높았다. 하지만 선동열은 고개를 가로저었다.

잠시 손을 미트 안으로 거두었던 심재원이 낸 사인은 다시 한 번 몸 쪽 슬라이더. 하지만 이번에도 선동열은 고개를 저었고, 결국 심재원이 바깥쪽 낮은 직구로 사인을 변경하자 선동열은 고개를 끄덕였다.

"씨벌… 놈"

심재원의 입에서 나지막한 혼잣말이 흘러나왔고, 그것은 김광림의 귓속으로도 흘러들었다. 투수와 포수의 소통과정에서 들려온 조그만 파열음. 베테랑 포수와 이제 막 성인이 된 풋내기 투수. 투수가 포수의 리드를 순순히 따르지 않고 있음이 분명했다. 그렇다면? 고려대에서 한솥밥을 먹던 김광림은 선동열이 자신의 직구에 대해 가지고 있던 맹신에 가까운 믿음을 떠올렸다. 그 무렵의 선동열은, 결정적인 순간 제대로 직구를 꽂아 넣기만 한다면 세상의 어느 타자도 자신을 공략할 수 없다는 믿음이 하늘을 찌르는 사나이였다. 특히 타자의 먼 쪽 낮은 코스로 꽂아 넣는 직구는 마구(魔球)라는 생각이 지배하고 있는 풋내기였다. 물론 그것은 고교무대와 대학무대, 심지어 세계 청소년대회에서 만난 어떤 타자도 그 공을 때려내지 못하는 것을 경험하며 굳힌 확신이었다. 그런 선동열이 두 번이나 대선배 심재원을 향해 고개를 흔들어가며 고집한 공이라면 당연히 직구, 그것도 바깥쪽 낮은 코스의 직구일 것이 분명했다.

김광림의 선택은 바깥쪽 낮은 코스의 직구였다. 하지만 물론 투수 자신의 믿음을 업고 파고드는 강속구를 후려치는 것은 역시 쉬운 일이 아니다. 그렇다고 해서 노골적으로 한쪽 발을 들여놓으며 몸의 중심을 옮길 수는 없었다. 조금이라도 그런 기미를 보인다면 그것을 읽지 못할 리가 없는 심재원은 당장 마운드로 올라가 미트 아래로 선동열의 명치끝을 쥐어박아서라도 구종과 코스를 바꿀 것이 분명했기 때문이다. 따라서 김광림은 선동열의 투구동작이 시작되는 순간 바깥 코스 쪽으로 달려들며 가볍게 밀어 쳐서 3유간을 꿰뚫는 장면을 머릿속에 그렸다. 그리고 두 주먹을 다시 한 번 야무지게 비틀어 쥐며 배트의 날을 세웠다.

3루에 있는 주자를 더 이상 견제할 필요가 없다고 생각한 선동열은 크게 와인드업을 하며 온몸의 근육들을 일깨웠고, 한껏 앞으로 달려 나오며 활처럼 휘어진 팔을 채찍처럼 후려쳤다. 그리고 그 손끝에서 뿌려진 공은 역시 무시무시한 속도로 홈 플레이트를 향해 비행했다. 하지만 바깥쪽 낮은 쪽의 꽉 찬 지점을 노렸던 것과 달리 공은 스트라이크존 한가운데와 바깥쪽 경계선의 중간쯤으로 다소 밋밋하게 날아들었고, 그 공간에는 이미 와인드업에 들어가는 순간 오른쪽 앞발을 배터박스 안쪽 끝선까지 집어넣으며 허리를 돌리고 있던 김광림의 배트가 마중을 나와 있었다. 보통의 경우라면 장효조라고 해도 쉽게 공략하기 어려운 공이었겠지만, 미리 예상하고 노리고 있었던 데다가 큰 욕심 내지 않고 갖다 맞힌 배트의 매복에는 걸리지 않을 도리가 없었다.

'깡' 하는 알루미늄 배트의 경쾌한 타격음이 울렸고, 공은 3루선상으로 직진했다. 3루수와 3루 베이스 사이를 완전히 가르고 펜스 제일 구석진 자리로 파고들 수 있을 만한 3루타성 타구. 그래서 승패 자체를 미궁으로 끌고 갈 수 있을 만한 멋진 타구였다.

하지만 바로 다음 순간 또 한 번의 반전이 일어났다. 타구가 지나가던 바로 그 자리에서 기다리던 한대화가 별달리 몸을 날리거나 할 필요도 없이 몸을 파울라인을 향해 약간 비트는 정도의 동작만으로 가뿐하게 공을 잡아냈고, 곧바로 앞으로 달려 나오며 3루 베이스를 밟아 홈을 향해 대여섯 발이나 달리고 있던 3루 주자 민경삼까지 잡아내고 말았던 것이다. 경기 종료. 2대 0의 짜릿한 승리.

오랜만에 대표팀 선수들의 환호성이 터져 나왔다. 특히 경기를 실질적으로 끌고 온 신예들의 얼굴에 웃음꽃이 활짝 핀 것은 물론이었다.

7

　다음 날, 일찌감치 점심 식사를 마치고 대충 포수장비를 갖춘 채 벽에 기대어 서서 볕을 쬐고 있던 심재원은 뒤늦게 모자를 반쯤 올려 걸친 채 입을 닦으며 나서는 선동열을 불러 세웠다. 그리고 동열에게 마운드에 올라가라는 손짓을 보내고는 마스크를 쓰고 홈 플레이트 뒤에 앉았다.

　급하게 우겨넣은 음식물을 채 소화시키지도 못한 채 동열은 마운드에 뛰어올랐고, 대선배인 포수를 향해 평소처럼 꾸벅 한 번 고개를 숙인 뒤 와인드업을 시작했다. 뱃속에서 가슴께를 거쳐 목구멍으로 '꾸울렁'하고 트림이 솟구치는 걸 느꼈지만 투구 동작을 멈출 수는 없었다. 하지만 몸도 마음도 미처 준비를 하지 못한 상태에서 던진 공은 뜻대로 날아가 주지 않았다. 원래 던지려고 했던 가운데 코스에서

99

바깥쪽으로 삼십 센티미터 이상은 벗어난 볼. 물론 포수가 몸을 일으키며 팔을 쭉 뻗어 잡으려고 마음을 먹기만 했다면 충분히 잡을 수도 있는 공이었다. 하지만 심재원은 그 자리에 말뚝이라도 박힌 듯 가만히 앉아 있었고, 멀찍이 벗어난 공은 포수 뒤로 한참을 굴러가 경기장 뒤쪽 그물에 엉킨 채 멈춰 섰다.

그 상태로 몇 초간의 정적이 흘렀다. 그리고 마운드 위의 선동열은 서먹함에 주위를 둘러봤다. 포수 심재원은 다시 미트를 들고 투구를 기다리고 있었지만 선동열의 손에는 공이 없었다. 조금 전에 던진 공은 저 멀리 그물망에 걸려 있었고, 그 공을 집어서 던져주어야 할 포수는 무슨 일이라도 있었느냐는 듯 제자리를 지키고 앉아 미트를 들고 있었기 때문이다.

결국 몇 초를 더 머뭇거리던 동열은 마운드를 내려와 포수 뒤로 걸어가 자신이 던졌던 공을 주웠다. 그리고 다시 뛰다 걷다 하며 마운드로 돌아와 투수판을 밟았다. 재원은 여전히 미트를 열어놓은 채 투구를 기다리고 있었다.

호흡을 가다듬으며 가장 쉽게 컨트롤할 수 있는 직구 그립을 잡았다. 그리고 다시 한 번 와인드업. 이번에는 정확히 공이 미트에 빨려 들었고, 심재원은 앉은 채로 공을 선동열에게 던져 돌려주며 외쳤다.

"스라이다."

슬라이더는 선동열이 몇 해 전부터 익혀 주무기로 삼기 시작하던 구종이었다. 선천적으로 손이 작고 손가락이 짧아 손가락 사이에 공을 끼울 수가 없었던 선동열은 포크볼이나 체인지업처럼 스핀을 죽이는 구종보다는 커브와 슬라이더처럼 많은 스핀을 줌으로써 변화하게 하는 구종에 의존하는 투수였다. 그리고 특히 광주에 선포된 계엄령 때문에 서울에서 열리는 대회에 참가하지 못하고 집 근처에서 합숙훈련을 하던 2년 전 1980년 5월, 영남대에 다니다가 역시 고향 집으로 내려와 있던 광주일고 출신의 선배 방수원에게 처음 배운 슬라이더를 나름대로 변형하고 개발해 결정구로 쓸 수 있을 정도로 다듬어둔 상태였다.

단단하게 그립을 잡고 던진 공은 홈 플레이트에 미칠 무렵 날카롭게 휘면서 바깥쪽으로 흘러나갔다. 타석에 타자가 있었다면 분명히 헛스윙을 할 수밖에 없었을 훌륭한 구위와 각도였다. 하지만 공은 심재원의 미트 끝을 '틱'하고 스치며 또다시 뒤쪽으로 흘러나갔고, 심재원은 이번에도 미동도 하지 않은 채 미트를 들고 버텼다.

선동열은 이번에는 곧장 공을 향해 뛰었다. 그리고 내친 김에 옆에 놓인 박스에서 공 서너 개를 더 집어서 글러브에 담아 든 채 마운드로 향했다. 공 하나를 던질 때마다 백네트까지 왕복 달리기를 해서는 체력이 버틸 수가 없을 것 같았기 때문이다.

하지만 심재원은 공을 잡을 때마다 투수에게 다시 넘겨주는 대신 자기 발 옆에다가 모아두곤 새로운 공을 던지도록 했고, 결국 마지막 공이 미트를 벗어나 뒤로 빠지자 선동열은 다시 왕복달리기를 시작해야 했다. 그리고 심재원의 주문은 계속됐다. '직구', '스라이다', '카브'… '느려, 더 세게'. 한 가지 구종만 던질 때보다 여러 구종을 무시로 섞을 때 컨트롤이 훨씬 어려운 것은 당연했고, 강하게 던질수록 목표 지점에 정확히 보내기가 어려운 것도 당연했다. 선동열은 불과 십여 분 만에 투구동작이 아닌 왕복달리기로 온몸이 흠뻑 땀에 젖어 버리고 말았다.

한 시간쯤 지났을까, 선동열의 공을 받은 심재원이 문득 몸을 일으키더니 주섬주섬 자기 옆에 모아둔 공까지 모아 안고는 더그아웃으로 들어가 버렸다. 훈련종료. 선동열은 그제야 마운드에 그대로 주저앉아 거친 숨을 몰아쉬었다.

미트 안에 가득 품고 온 공을 박스에 후드득 쏟아 넣고는 비로소 마스크를 벗는 심재원에게, 그늘 속에 숨어있던 임호균이 말을 걸었다.

"어이, 심통 형. 너무 심통 부리지 마요. 애가 완전히 사색이 됐어."

심재원의 별명은 심통이었다. 과묵했지만 한마디 해야 할 순간을 외면하지 않는 성격이었고, 또 은근히 장난도 많았던 그의 성격을 가리킨 이름이었다. 그는 깊이 사귄 이들에게는 재미있는 사람이었고, 겉모습만 아는 이에게는 거칠고 투박한 사람이었다. 나름대로 몸을 풀다가 어느 순간부터 그 두 사람을 주목하고 있던 호균이 일부러 그 자리에 앉아 재원을 기다리고 있었던 것이다. 재원이 돌아보며 피식 웃었다.

"딱 백 개 받았어. 백 개는 받아야 피챠나 캐챠나 하루 훈련하는 거 아니냐."

재원은 별일 아니라는 듯 하나하나 장비를 풀었다. 호균이 한마디 보탰다.

"아, 형이 받은 건 백 개지만 재가 던진 건 이백 개도 넘잖어. 게다가 왔다갔다 뛴 거리도 엄청나다고. 쟤한테는 유난히 독하게 하는 거 아니야?"

그 사이 재원은 대충 몸통을 두르고 있던 보호장비를 풀고 몸이 가벼워졌다. 하지만 그만큼 무거워진 표정으로 호균을 쏘아보며 말했다.

"야. 큰 시합 나가면 제일 중요한 게 뭐냐? 제구력 아니냐? 제구력 없는 투수 갖고 관중석에 3만 명 꽉 찬 경기장에서 중요한 시합할 수 있냐?"

호균의 표정이 굳었다. 그 위로 재원이 한마디를 더 얹었다.

"공 빠르고, 경험 없고, 승질 쎄고, 제구력 없는 투수. 큰 시합에서는 그런 투수가 최악, 아니냐? 시간도 별로 없어. 동원이 어깨 정상이 아닌 거 너도 알지? 쟤라도 다듬어서 시합 만들거나, 안 되면 빨리 버리고 딴 놈 찾아야 해."

재원은 일부러 뿌려놓은 듯 고르게 땀이 맺혀있는 얼굴을 한 손으로 쓱 문질러 닦아내며 복도 안쪽으로 몸을 옮겼다. 혼자 남은 호균은 고개를 끄덕이며 자리에서 일어나 어깨를 한 번 돌렸다. 진지해질수록 무겁게 짓누르는 어깨 위의 무언가를 털어내려는 무의식적인 몸짓인지도 몰랐다.

그제야 한 손에는 글러브를 쥔 손에 모자까지 벗어 들고 유니폼 맨 위쪽의 단추를 몇 개 풀며 선동열이 더그아웃으로 들어왔다. 호균이 먼저 입을 열었다.

"고생했다, 동열아."

"예."

열없이 건성으로 흘리는 동열의 대답을 들으며, 호균이 한마디를 더 던졌다.

"재원이 형이 괜히 그런다고 생각하지 말고 열심히 해. 국가대표팀에 들어오면 다들 처음에는 고생하지만, 그러면서 한 단계씩 올라가는 거다."

동열도 멈추어 서서 호균의 얼굴을 마주했다. 하지만 선동열의 얼굴은 그저 '예'하고 숙이고 지나갈 수 있는 상태가 아니었다. 이미 녹초가 되어버린 몸은 찐득하게 온몸을 적신 땀과 함께 녹아버릴 지경이었고, 이유도 없이 기합을 받았다고 생각한, 아니 전날 오랜만의 연습경기 승리를 주도한 신예들의 기를 눌러놓기 위한 야비한 텃세에 당했다고 여긴 마음은 인내력의 한계를 소모시키고 있었던 것이다. 그나마 따뜻한 말 한마디라도 던져주는 선배를 만나자 오히려 마음 제일 반대쪽에 있던 불뚝한 단어들이 입을 열고 밀려나왔다.

"아, 진짜. 선배님. 이게 말이 되는 일이라고 생각하십니까? 세상에 어떤 피챠가 딱딱 포수가 가만히 들고만 있는 미트 속으로다가 공을 백발백중 집어넣을 수가 있답니까? 그것도 직구면 직구, 스라이다면 스라이다, 카브면 카브. 뭐 주문은 주문대로 하면서 요래 딱 들고 있는 미트로 못 넣어버리면 구보를 막 시켜 불고. 맨날 시간 없다 시간 없다 그러는데, 이런 식으로 후배 투수 골탕이나 먹이고 얼차려나 주고 그러믄서 제대로 훈련이 되겠습니까?"

호균은 무슨 말을 하려다가 잠시 참고 동열의 얼굴을 응시했다. 아직 가라앉지 않은 열기로 볼은 빨갛게 상기되어 있었고, 점점 솟구치는 분기로 눈가도 벌겋게 충혈되어 있었다. 무슨 말로 진정시킬 수 있는 상태가 아니었다. 호균은 글러브를 챙겨 들고 더그아웃 밖으로 나서면서 동열을 향해 손짓했다.

"너, 이리 좀 따라와라."

그리고 맞은편에서 박노준과 짝을 이루어 몸을 풀고 있던 김진우를 불렀다.

"어이, 진우야. 김진우. 너 이쪽으로 좀 와봐."

임호균의 인천고 2년 후배이기도 했던 김진우는 인하대에서는 포수를 보고 있었지만, 심재원이 주전포수로 버티고 있는 대표 팀에서는 백업포수의 역할을 겸하면서 방망이 실력을 살려 1루수로 나설 준비를 하고 있었다. 190센티미터가 넘는 듬직한 체구에 강한 송구 능력과 장타력이 발군인 대형포수이자 대형타자였다. 군대를 다녀와 복학을 하는 바람에 아직 인하대에 적을 두고 있었지만 최동원,

김시진과 동기생이었고 지난해 캐나다 대륙간컵 대회 때부터 국가
대표팀에 합류한 고참 라인에 속하는 선수였다.

호균이 '따라오라'고 했을 때 혹시 '빠따'라도 맞는 건 아닐까 하고
순간 긴장했던 동열은 거구에다 성격도 불같던 김진우까지 불러올
리자 더욱 주눅이 들어 움츠러들고 있었다. 하지만 호균은 김진우에
게 포수 장비를 갖추고 홈 플레이트에 앉도록 한 뒤 직접 공 한 개를
들고 마운드에 올랐다. 그리고 난데없이 불려와 홈 플레이트 뒤쪽에
서서 마저 포수장비를 챙기던 김진우에게 다시 말했다.

"진우야. 미트 딱 가운데 고정해. 그리고 절대 움직이지 마. 공 밖
으로 흘러나가면 잡지 말고 그냥 보내. 오케이?"

김진우는 호균이 뭘 하려는지 대충 알겠다는 듯 씩 웃고는 마스크
를 덮어 내렸다. 그리고 자리에 앉아 한껏 벌린 미트가 가슴팍에 오
도록 단단히 쥐었다. 호균은 한쪽에 선 선동열, 그리고 김진우와 캐
치볼을 하다가 엉겁결에 따라서 불려온 박노준을 향하며 말했다.

"동열아. 잘 봐라. 나도 한번 똑같이 해볼게. 특히 캐쳐 미트가 공

을 따라 움직이는지 아닌지 잘 봐. 미트가 움직이면 반칙이니까 잡아
내라고."

그리고 곧바로 퀵모션으로 공을 던졌다. 직구, 슬라이더, 커브, 다
시 직구, 슬라이더, 커브, 또 직구, 슬라이더, 커브. 아홉 개의 공이 던
져지는 동안 김진우의 미트는 미동도 하지 않았고, 그 미트의 웹 부
분을 찾아 공은 정확히 꽂혀 들어갔다.
호균은 잠시 발을 풀고 옆에 서 있던 박노준을 보면서 말했다.

"어이, 노준아. 그쪽 박스에서 공 다섯 개만 가져와라."
"예."

박노준이 얼른 뛰어가 공 다섯 개를 가져왔고, 호균은 그것을 발
밑에 나란히 늘어놓았다. 그리고 진우를 향해 새로운 지시를 내렸다.

"진우야, 이번에는 공 연속으로 다섯 개 던질 테니까 미트 들어온
공은 그냥 밑으로 떨구기만 하고 움직이지 마. 알았지?"
"오케이."

김진우가 호쾌한 목소리로 답하고 다시 자세를 잡았다.

호균이 글러브 속으로 쥔 그립은 슬라이더였다. 짧게 휘지만 빠르게 파고들었던 임호균 표 슬라이더. 남들이 보기에는 직구 그립과 별 차이가 없었지만, 조금 비틀어 쥔 공을 손목 힘으로 컨트롤하는 그의 비밀병기 중의 하나였다.

가운데에서 바깥쪽으로 흐르는 공. 첫 번째 공은 정확히 포수의 손목 부분에서 손끝 부분으로 휘면서 미트에 꽂혔고, 공의 힘을 따라 미트는 5센티미터가량 바깥쪽으로 끌려 나갔다. 그 자리에서 공을 떨어뜨리며 비워진 미트를 향해 두 번째 공이 마찬가지의 궤적으로 파고들었고, 미트는 또다시 약 5센티미터를 이동했다. 마찬가지로 3,4,5구. 다섯 개의 공이 모두 던져졌을 때 포수의 미트는 원래 자리에서 2,30센티미터가량 움직여 있었고, 가슴팍에 모았던 김진우의 왼팔은 반대편으로 한껏 펼쳐진 형상이 되어 있었다.

호균이 맨주먹으로 글러브를 한 번 '팡'하고 두드리며 마운드에서 내려왔다.

"오케이. 진우야, 수고했다. 고맙다."

호균이 동열이 있는 곳으로 몇 걸음 다가왔다.

"동열아, 나는 너 던지는 거 보면서 부러운 게 되게 많아. 너는 일단 볼이 빠르잖아. 중심 이동도 좋고. 거기다가 나나 동원이보다 몸도 훨씬 크고 유연하고. 그러니까 이 기회에 제구력 하나만 잡으면 내가 문제가 아니라 동원이 못지않은 투수가 될 수도 있어. 어차피 하는 거 다 재산 되는 거라고 생각하고 조금만 더 고생해. 그리고 재원이 형 괜히 사람 괴롭히느라고 땀 빼는 사람 아니야. 그거 꼭 기억하라고."

호균은 김진우가 서 있는 홈 플레이트를 거쳐 더그아웃 쪽으로 발걸음을 옮겼다. 김진우 역시 마스크를 올리며 드러난 얼굴에 함박웃음을 지으며 임호균과 나란히 더그아웃으로 향했다.

"형, 여전하네. 면도날이네 면도날이야. 요즘에도 그런 거 가끔 하고 그러나? 홈 프레이트에 담배 죽 세워 넣고 맞히기, 뭐 그런 거."
"자식아, 그거야 옛날에 선배들이 하도 해보라고 그러니까 했던 거지, 내가 애냐? 그런 장난이나 치고 있게."

멀찍이 웃음 섞인 정담을 주고받으며 임호균과 김진우가 사라진 그라운드에서 선동열과 박노준은 동그래진 눈으로 서로의 얼굴을 응시했다. 중학생 시절부터 내내 '국내 최고', '세계적 수준'이라는 수식어를 달고 살아온 두 천재 소년들이 국가대표투수에게 요구되는 제구력이란 어떤 것인지를 처음으로 실감하는 순간이었다.

8

"이번 주에도 내내 훈련하느라 수고 많았고, 또 오늘도 수고 많았다. 오늘은… 뭐 벌써 시간이 꽤 늦긴 했어도 토요일이니까, 간단히 주간훈련 평가부터 하고 정리한 다음에… 잠깐 단체외출 해가지고, 오랜만에 불고기나 한번 굽자. 또 지난번 일도 있고 해서 다들 긴장하느라고 술 맛본 지도 꽤 됐을 텐데, 간단하게 맥주도 한 잔씩 하고. 뭐 사실 어디 나가고 그러면 번거롭기도 하고 해서 구내식당에서 하려고 했었는데, 선수촌 규정상 내부에서는 음주가 절대 불가라는구만. 나도 선수촌 생활은 처음이니 뭐 허허… . 어쨌든 그렇게 알고, 회식 끝나면 곧바로 다시 들어와서 쉬고, 내일노 오후에는 훈련 있으니까 지장 없게 준비하도록 해."

오후 네 시. 모든 훈련일정을 마친 뒤 샤워까지 마치고 넉넉한 트레이닝복으로 갈아입은 스물세 명의 선수들과 두 명의 코치까지 스물다섯 명의 대표팀 식구들이 모두 회의실에 모여 있었다. 그리고 마지막으로 들어선 어우홍 감독이 가운데 마련된 의자에 앉아서 먼저 말문을 열었다.

김일권이 선수단을 떠난 일은 아직 누구도 쉽게 입에 올리기 어려운 분위기였다. 어쩌면 대학팀들과의 연습경기에서도 좀처럼 좋은 분위기를 만들지 못하면서 그런 난감하고 어색한 분위기는 좀 더 길게 이어지게 된 것인지도 몰랐다. 그 날 어우홍 감독 역시 그 사건을 그저 '지난번 일'이라고 얼버무려 지칭하고 있었다. 하지만 그 사건 이후 한껏 조여지기만 했던 선수단의 분위기를 조금이나마 풀기 시작했다는 것은 선수단 모두에게 무엇보다도 반가운 조짐이었다. 그리고 무엇보다도 '맥주 한 잔' 이야기에 선수들의 얼굴에는 엷은 미소가 번졌다. 팽팽하게 당겨진 활처럼 고조됐던 긴장이 오랜만에 풀어지는 느낌에 선수들은 나른함마저 느끼고 있었다.

김충 투수코치가 투수들에 대한 전반적인 기록과 훈련경과를 정리해 설명하고 평가를 덧붙였다. 최동원이 본격적인 피칭 훈련을 시작하지 못한 가운데 오영일, 박동수, 선동열, 박노준 등 연습경기에 주로 등판했던 대학생 투수들의 훈련과 평가 내용들이 중심이었다.

그 다음 배성서 코치가 야수들에 관해, 특히 타격 기록들을 중심으로 몇 가지를 짚어갔다. 정구선, 이석규, 장효조 같이 군인팀에 소속되어 있던 선수들이 기복 없는 기록을 내고 있었던 것과 달리 실업팀이나 대학팀에 소속되어 있던 선수들의 슬럼프가 길어지고 있다는 보고가 있었고, 체력훈련의 보강과 정신적인 분발이 요망된다는 말로 정리가 되었다.

두 코치의 보고가 끝난 뒤, 어우홍 감독이 입을 열었다.

"수비에 대한 보고는 따로 없나?"

배성서 코치가 당황한 듯 김충 코치의 얼굴을 바라보다가 간신히 입을 열었다.

"예. 저… 수비는… 일단 조직력을 만들어가는 과정이기 때문에… 뭐 전반적으로 미팅을 하면서 좀 의견을 나눠보는 걸로… 할까 합니다."

생각지 못한 지적을 받고 즉석에서 떠올려 얼버무린 말이었다. 하지만 어우홍 감독은 고개를 끄덕이며 받았다.

"그래. 뭐 코치들 진단만 중요한 건 아니니까. 수비에 대해서는 다같이 얘기를 좀 나눠보기로 하지. 우선 재박이. 니가 볼 때 내야 수비는 어떻게 돌아가는 것 같냐?"

김재박은 자타공인 대한민국 최고의 유격수이기도 했고, 국가대표팀 내야진에서는 제일 고참이기도 한데다가 실질적으로 내야진을 지휘하는 리더이기도 했다. 투수코치와 타격코치, 감독을 제외하면 단 두 사람의 스태프만으로 꾸려가던 대표팀에서 실질적으로 수비코치의 역할을 해줘야 하는 것이 김재박이기도 했다.

물론 그도 대표팀의 내야 수비에 대해서는 하고 싶은 말들이 없지 않았다. 하지만 이런 공식적인 자리에서, 또 전혀 예상하지 못했던 질문에 대해 어떤 말을 골라서 입에 담아야 할지, 순간적으로 난감했다.

"예. 내야 수비는… 뭐 일단 멤바 교체가 좀 많았기 때문에… 아직

뭐 완전히 원활한 건 아닌 거 같습니다마는… 생각보다 잘 되고 있는
거 같고… 뭐 쪼금만 더 열심히 하면 잘 될 거 같습니다."

어우홍 감독이 조금 더 힘이 들어간 목소리로 받았다.

"야, 인마. 누가 니 각오 밝히랬어? 예전보다 조금 미진하고 부족한
게 있으면, 구체적으로 어떤 부분이 그런가를 설명해야 후배들도 참
고해서 다들 노력을 하고 보완을 할 거 아니야?"

감독의 힐난에 민망해진 듯 김재박은 뒷머리를 긁으며 다시 입을
열었다.

"예. 뭐 구체적으로는… 구선이나 영태하고 제가 2루 콤비플레이
하는 건 크게 무리가 없는 거 같고요… 쪼끔 문제가 되는 게 2루수하
고 1루수 사이에, 그리고 유격수하고 3루수 사이에 수비 영역을 분담
하는 부분에서 약간씩 머뭇거리는 경우가 있습니다. 그래서… 뭐 우
선은 각자가 쪼끔씩 더 뛴다는 생각으로 겹쳐서 카바플레이를 하면
서 수비를 하도록 노력을 할 필요가… 있을 거 같습니다."

잠시 침묵이 흘렀다. 그리고 고개를 끄덕이던 어우홍 감독이 다시 입을 열었다.

"대화, 어됐냐?"
"예."

앞 줄 맨 끝 쪽에서 한대화가 손을 들었다.

"어, 그래. 이번 주 동국대 게임하고, 고려대 게임이 다 3루하고 유격수 사이에서 끝내기가 됐었어. 그렇지? 동국대 때는 3루하고 유격수 사이로 빠지는 안타가 나오면서 끝내기로 졌고, 고려대 때는 3루수 직선타로 따블아웃을 시키면서 끝났고. 그치? 대화야. 두 번 다 3루에서 겪은 소감이 어떠냐?"

한대화 역시 예상치 못한 질문에 당황해 원래 느리던 말문이 한층 부대끼는 걸 느꼈다.

"저어기… 동국대 때는요, 제가 쫌 긴장이 풀려가지고… 한 발 더 뛰어야 허는데 발이 못 따라가서 놓쳤구요, 고대 때는… 이번에는 무슨 일이 있더라도 이겨야겠다고 바짝 긴장을 하고 있다가… 마침 뽈이 오길래 탁 잡아 채가지고 따블아웃을 잡을 수 있었던 거 같습니다. 앞으로도 긴장 풀지 않고 열심히 허겠습니다."

어우홍 감독의 마음에 꼭 맞는 답이 아니었다. 하지만 어 감독은 슬쩍 웃음을 흘리며 다시 물었다.

"그래. 한 번은 좀 아쉬웠고, 한 번은 잘 했지. 그럼, 그 두 번의 상황에서 어떤 공통점이 있었는지는 혹시 생각해본 적이 있냐?"
"공통점… 이요?"

한대화는 얼른 답을 하지 못했다. 그러자 어 감독은 김재박에게로 얼굴을 돌렸다.

"재박아. 니가 볼 때는 어땠냐?"

김재박이 답했다.

"3루수하고 유격수 사이에 공간이 너무 넓었습니다. 그런데 동국대 때는 운이 없어서 그 사이로 타구가 왔고, 고려대 때는 운이 좋아서 3루선상으로 타구가 왔습니다."

"맞아. 그거다."

어우홍 감독이 고개를 끄덕였다.

"먼저 동국대 게임 때, 2루 주자를 들여보내면 경기가 끝나는 상황이니까 야수들 사이의 공간을 줄일 필요가 있었지. 그런데 유격수 재박이는 2루 쪽으로 치우친데다가 뒤쪽으로 몇 걸음 오히려 멀찍이 빠져 있었어. 대화야, 그거 체크하고 있었냐? 그리고 재박이가 그 때 왜 그랬는지 알겠냐?"

유격수가 2루수 쪽으로 치우쳐 있었던 이유를 왜 자신에게 묻는지, 한대화는 이해할 수 없었다. 당연히 말문이 막힐 수밖에 없었다. 어 감독은 그럴 줄 안다는 듯 간격 없이 다시 말을 이었다.

"자식들아. 수비를 할 때 내야수라고 해서 내야수하고만 손을 맞추는 게 아니야. 외야수들도 내야수들 움직임을 확인해야 하는 거고, 특히 내야수들은 반드시 외야수의 움직임을 읽으면서 자기 수비 위치를 조정해야 한단 말이야. 그 상황에서 어차피 장타가 나오면 당연히 끝내기가 돼서 지는 거고, 혹시 단타가 나온다면 홈에서 승부를 해볼 수 있어야 하는데, 상대 타자가 펀치력이 있는 김민호니까 외야수들이 그렇게 전진을 하기도 어려웠어. 외야 쪽으로 좀 깊숙한 플라이가 나오면 또 그걸 잡아야 하니까. 그런데 중견수 해창이가 어깨가 별로란 말야. 중견수 앞쪽으로 짧은 땅볼안타가 나와도 쟤가 홈으로 바로 쏘지를 못 한다고. 그러니까 내야수가 중계플레이를 준비해야 하는데, 상대가 왼손 타자니까 2루수가 센타 쪽으로 크게 움직이기는 어려울 게 아니냐. 그래서 재박이가 한두 걸음 2루 베이스 뒤쪽으로 옮겨갈 수밖에 없었다는 얘기지. 물론 타구가 3루 쪽보다는 2루 쪽으로 치우칠 가능성이 높은 것도 대비를 해야 했고 말이지. 그러면 그걸 대화 니가 알아보고 유격수 쪽을 조금 더 커버를 해줘야 한단 말야. 그런데 너는 오히려 더 3루선상으로 붙어 있었다고. 물론 니 딴에는 선상으로 빠지는 장타를 맞으면 경기가 끝날까봐 그런 거겠지. 하지만 2루 주자가 발이 빠르고 외야수 어깨가 별로라면 단타만으로도 경기가 끝나는 거는 똑같은 거니까, 장타를 걱정하기보다는 더 확률이 높은 구멍을 막아야 했던 거란 말이야."

한대화는 얼굴이 붉어졌다. 어우홍 감독이 다시 입을 열었다.

"고대 때도 그렇다. 그 때 동열이 마지막 공… 이 좋긴 했는데, 좀 가운데 쪽으로 몰렸어. 동열아, 조금 실투였지?"

"아… 예… 쪼끔… 그렇습니다."

"재원아. 그 때 동열이가 바깥쪽으로 직구를 던질려고 그러다가 좀 몰린 거 같던데, 왜 바깥쪽 직구로 간 거냐?"

"…"

재원은 굳은 얼굴로 입을 열지 못했다. 그러다가 어 감독의 시선이 거두어지려고 할 때쯤 간신히 무거운 입술을 움직였다.

"제가 좀 머리가 복잡해서… 실수를 했습니다."

어 감독이 두어 번 말없이 눈을 껌벅이더니 반대편으로 눈길을 옮기며 다시 말을 이었다.

"그 때 고려대 마지막으로 나왔던 애, 그 2번 타자, 쪼끄맣고 똘망 똘망한 놈… 걔가 이름이 뭐더라?… 어, 김광림이. 그 놈도 왼손이었지. 김광림이 타석 때는 우리가 두 점 앞선 상황이니까 한 점을 주더라도 아웃카운트를 늘리면 되는 거잖아. 그러니까 야수들이 다 정상 위치에서 수비를 하면 되는 거였다고. 그런데 그 때도 3루수하고 유격수 사이가 너무 넓었어. 김광림이 타구가 3루 선상으로 갈 확률은 그렇게 많지 않은 상황이었는데도 말이야. 그 때도 재박이는 정상위치에서 한 발쯤 2루 쪽으로 가 있었는데, 그거야 왼손 타자니까 당연한 거고. 그런데 그 때 대화가 왜 3루 쪽으로 붙어있었느냐가 문제지. 물론 공교롭게도 김광림이가 완전히 마지막 공을 노려서 밀어 쳤는데, 내가 볼 때는 그 때도 좀 위태로웠다고. 물론 타구가 딱 대화가 지키고 있던 3루 쪽으로 가는 바람에 따블아웃이 돼갖고 경기를 이겼지마는, 우선적으로는 그렇게 노려 치는데 당한 거 자체가 실패였고, 둘째는 그렇게 승부를 하지 않았더라면 차라리 3유간으로 갈 확률이 높았는데 그렇게 됐을 때는 또 안타를 만들어 줘가지고 위기가 이어졌을 수도 있지 않았겠나 싶단 말이야. 이건 재원이, 동열이, 대화 모두 좀 생각을 해봐야 돼."

한대화의 얼굴은 한층 더 붉어졌고, 선동열의 얼굴 역시 남몰래 달아오르기 시작했다. 어우홍 감독이 평가회의를 맺는말을 이어갔다.

"자. 어쨌든 다들 수고했고, 잘 했어. 그런데 지금 연습경기에서 이기고 지고, 또 연습 때 잘 던지고 못 던지고가 중요한 게 아니란 말이야. 그런 플레이들을 통해서 뭘 배우고 고치면서 준비를 해나가느냐가 중요한 때란 말이야. 그러니까 결과가 어떻든 그 과정에 주목하고, 그걸 평가하고 고치도록 노력을 하도록 하자고. 그리고 수비는 물론이고 타격도 그렇고, 심지어 투구도 그렇고, 혼자 하는 게 아니라 팀원들이 다 같이 하는 거야. 그러니까 서로 믿고 해야 하고, 믿을 수 있게 해야 성공하는 거라는 걸 잊지 말아야 한다는 거야. 그래서 고참들이면 고참들답게 자기들 눈에 보이는 걸 후배들에게도 하나하나 알려줘야 되는 거고, 신참들이면 신참들답게 하나라도 더 배우려고 노력을 하라고. 국가대표 짬 뽈로 먹는 거 아니니까. 오늘은 이상."

어우홍 감독은 말을 마치자마자 자리에서 일어서 회의실을 나섰고, 선수들은 코치들과 함께 선수촌 입구 근처에 배성서 코치가 미리 예약을 해둔 식당으로 옮겼다. 그곳에는 테이블마다 꽤 푸짐하게 불고기가 준비돼 있었고, 또 테이블마다 맥주 몇 병씩이 놓여 있었다.

9

"코치님. 딱 소주 한 열 병만 더 해요. 술값은 제가 따로 낼게요."

"안 돼, 인마. 지금 술값이 문제냐? 감독님이 저거만 먹이고 다 데리고 들어가서 재우랬어."

"에이, 애들이 스물 세 명이에요. 지금 맥주 서너 잔 씩밖에 못 먹었는데, 간에 기별이나 가요? 오히려 감질만 나지. 저기서 소주 몇 잔씩 더 한다고 해서 사고 날 일 없어요. 아, 어디 딴 데 밖에 나가서 먹겠다는 것도 아니고 여기 식당 안에서만 얌전히 먹겠다는데…. 조금만 더 할게요. 사실 뭐 애들도 아니고…."

"야, 야. 아직 비상 풀린 거 아니야. 너 나 모가지 달아나는 거 볼려고 그러냐? 아니, 모가지가 다 뭐냐. 어디 끌려가는 꼴 봐야 되겠냐? 안 돼, 인마."

이해창이 식당 문 밖에서 배성서 코치를 잡고 통사정을 하고 있었다. 하지만 김일권이 대표팀을 떠난 이후로 긴장을 풀지 못하고 있던 배 코치는 쉽사리 허락을 하지 못하고 있었다. 널리 알려진 일은 아니었지만 김일권이 이탈하던 그 날의 사단도 직접적인 발단은 배성서 코치와 감정싸움을 벌이고 거친 말들을 주고받았던 일이라는 점을, 당사자는 마음에서 씻어내고 잊기가 어려웠다. 물론 이미 마음이 떠나 있던 처지였고, 단지 운 나쁘게 계기를 마련해주는 역할을 맡았을 뿐이었지만, 한 번 더 불미스런 일에 엮인다면 크게 곤욕을 치를 수도 있다는 점도 의식하지 않을 수가 없는 상황이었다.

하지만 이해창은 이해창 나름대로 절박했다. 소집되는 날부터 흐르고 있는 고참과 신참급들 사이의 냉랭하고 서먹한 기운을 걷어낼 절호의 기회를 놓치고 싶지 않았기 때문이다. 대개의 경우 알아볼 사람 아무도 없는 외국 어느 뒷골목의 술집에서, 홀가분하게 코가 삐뚤어지게 술을 퍼마시며 그런 서먹함을 녹여내는 것이 일종의 전통이었건만, 이번만큼은 시작부터 여러 가지로 삐걱대며 흘러온데다가 국내에서 치러지는 대회인지라 안팎의 이목으로부터 자유롭지 못했기에 그럴 만한 기회가 없었던 것이 문제라고 그는 보고 있었던 것이다.

"코치님. 아시잖아요. 요번에 새로 들어온 대학생 애들이 고참들한테 좀 서먹한 것들이 있다고. 그걸 좀 풀어줘야 훈련을 해도 제대로 될 거 아닙니까. 그래서 내가 제일 고참이랍시고 한마디 좀 해야겠는데, 지금은 술기운이 너무 모잘라요. 만에 하나라도 문제 생기면 내가 책임질 테니까, 아니 내가 우리 장인어른한테 얘기해서라도 바람막이 할 테니까, 코치님은 그냥 모른 척만 해주세요."

이해창의 장인 풍규명은 고교야구의 대부라고까지 불리는 인물로서, 야구협회의 고위간부이기도 했다. 중학생 시절부터 이해창의 재주를 높이 샀던 풍규명은 집과 멀리 떨어진 선린상고에 다니게 된 이해창을 자신의 집에서 하숙을 시켰고, 그 인연으로 장인과 사위의 인연을 맺기에 이르렀던 것이다. 그런 이해창이 '책임을 지겠다'는 것은 아주 빈말이 아니기도 했고, 배 코치 역시 이해창이 이야기하는 내용에 수긍이 가지 않는 것도 아니었다.

"좋다. 그럼 딱 소주 열 병이다. 이거 어기면 너랑 나랑 아주 끝이야. 알겠어?"
"알겠습니다. 고마워요, 코치님."

이해창이 배 코치의 어깨를 툭 치고 돌아섰다. 선수촌 일 돌아가는 방식을 뻔히 알고 있던 식당 주인도 배 코치의 눈짓을 받고서야 술창고를 열었고, 덕분에 술판은 조금 더 제 모습을 갖출 수 있었다. 뻣뻣하고 어색하던 단체 술자리는 어느새 삼삼오오 모이고 깊어지고 순환하는 전형적인 뒤풀이의 패턴으로 이어졌다.

"호균이 형님. 정말 깜짝 놀랐습니다. 제구가 어떻게 그렇게… 제구를 그렇게 완벽하게 잡으려면 도대체 어떻게 훈련을 해야 하는 겁니까?"

"야, 인마… 나는 너 같이 강속구를 못 던지니까 제구를 잡은 거야. 암만 빠르게 던져도 가운데로 몰리면 타자들이 쳐내니까 못 치는 구석으로 던져야 살아남잖아. 어쨌거나 너는 재원이 형이 시키는 대로 하면 돼. 그러면 제구 잡혀. 하하하."

"재박이 형님. 사인을 주십쇼, 사인을. 제가 둔해가지고 딱딱 상황에 맞는 판단을 빨랑빨랑 허지를 못해요. 저는 그냥 형님만 따라갈라니까…."

"사인이고 뭐고 일단 인플레이 들어가기 전에 내 얼굴이나 한번 보라고 인마. 뭐 사인을 텔레파시로 줄 수는 없잖아."

129

"다 내가 죄인이다. 니들 원래 내 포지션이 뭐였는지 아냐? 원래 내가 중학교 때까지는 포수였어. 내가 원래 포수였다고. 정말이야. 그때 도루도 진짜 잘 잡고 그랬었어. 진짜 어깨 하나는 저기 지금 MBC에 간 신언호 부럽지 않았는데, 뭐 아픈 기억 때문에 어깨가 맛이 가버려 가지고… 애고, 재박이가 고생이 많고, 그 바람에 대화도 나 때문에 욕 먹고… 하여튼 내가 죽일 놈이다."

"아니, 그런데 해창이 형님은 도대체 무슨 일이 있으셨길래 어깨를…."

"하하하, 너무 자세히 알려고 하지 마라. 너무 많이 알면 다친다. 이형님이 한때 어두웠던 시절이 계신데 말이야…."

"시끄러 인마. 입 닫어."

정확성과 파워를 겸비한 방망이, 그리고 스피드와 센스를 겸비한 주루. 야구선수로서 가져야 할 모든 것을 갖춘 천재 선수였던 이해창이 딱 한 가지 결여한 것이 있다면 어이없을 정도로 허약한 어깨였다. 빠른 발을 활용하기 위해 중견수 수비에 나서는 경우가 종종 있었지만, 홈 직접 송구는 고사하고 어지간한 위치에서는 가장 가까운 2루수에게조차 노 바운드로는 공을 보내지 못할 만큼 극단적으로 짧은 송구거리는 그를 거쳐 간 모든 지도자들의 골머리를 썩게 하는 부분이었다. 물론 이해창 본인의 입장에서는 김재박을 능가하는 만능 선수로 대접받을 수도 있었던 그가 종종 '계륵' 취급까지 받아야 했던 속 쓰린 구석이 바로 그것이기도 했다. 중학 시절과 고교 시절에는 포수로 뛴 적이 있을 만큼 강한 어깨를 자랑하던 그였지만 대학 시절 어깨를 크게 다친 뒤로 그런 결정적인 약점을 가지게 된 것이었다. 하지만 그것이 구체적으로 어떤 상황에서 어떻게 당한 부상인지에 대해서는 정확히 아는 이가 드물었다. 분명한 것은 야구장에서 입은 부상이 아니라는 것 정도였다. 이해창 스스로도 그저 '아픈 과거' 혹은 '어두웠던 시절' 이야기라고만 눙치는 통에 후배들 사이에서는 일종의 수수께끼처럼 전해지는 이야기이기도 했다.

두어 시간이 흐르자 처음에는 나이대별로 뭉쳐 앉아있던 구도가 자연스레 투수들끼리, 야수들끼리 모이는 모양으로 바뀌어 갔고, 다시 하나하나 자리를 옮겨가며 평소에 서먹했던 이들과 말을 섞는 기회를 만들어가고 있었다. 그리고 그라운드에서는 묻지 못했던 것을 묻고, 그라운드에서는 털어놓지 못했던 것을 털어놓는 대화들이 담쟁이덩굴처럼 엉키고 뻗어나가 싸늘한 콘크리트 담장 같았던 마음의 벽을 타고 넘어가고 있었다.

자정을 좀 넘을 때쯤이었다. 배성서 코치의 사인을 받은 이해창과 김재박이 뭔가 귓속말을 주고받았고, 곧 김재박이 문득 자리에서 일어나 손뼉을 두어 번 치며 이목을 모았다.

"자, 자, 잠시 주목. 뭐 술이 너무 부족해서 아직 다들 술배가 많이 비어있긴 하겠지만, 다들 분위기가 분위기이니만큼 이해를 해야지. 그래도 오랜만에 술 한 잔씩 해서 몸도 마음도 좀 녹았을 거야. 뭐 감독님 지시도 있고, 또 감독님 몰래 술을 조금 더 주문하면서 코치님 께 약속했던 것도 있고, 이제 자리 마무리하고 자러 가야 할 것 같애. 대신 앞으로 가끔 이런 자리를 또 만들 수 있도록 노력하기로 하고, 오늘은 우리 대표팀의 주장인 이해창 선배님의 말씀을 마지막으로 듣고 남은 술 건배하면서 마무리하도록 하자고."

그리고 이어서 이해창이 자리에서 일어나 발언권을 이어받았다.

"자, 자. 선배라고 뭐 내가 대단히 잘 한 것도 없고, 특별히 뭐 할 말은 없는데, 그래도 나이가 깡패니까 마무리하는 차원에서 대표로 건배 제안이나 할 테니까, 그냥 남은 술들 잔에 채우도록 하자."

여기저기서 남은 술병을 돌리며 빈 잔을 채우고, 한 손에 들어 올렸다. 이해창이 다시 말을 이었다.

"세계야구선수권대회에서, 이렇게 다들 고생한 보람이 헛되지 않도록, 꼭 우승컵을 차지하고, 그래서 우승컵을 가운데 모셔놓고 결승전 끝난 날 밤에, 여기 있는 사람들 다들 건강해서 한 사람도 빠짐없이 다 다시 모여서, 그 때는 진짜 코가 삐뚤어질 때까지, 또 그 때는 쏘주랑 맥주가 아니라 최고급 양주로 아주 곱빼기로 퍼마실 수 있도록 하기를, 위하여."

"위하여"

스물세 개의 팔뚝이 일제히 천정을 향해 솟구쳤고, 건배구령에 맞춰 모였다가 흩어지면서 잔속에 남아있던 술을 입 속으로 털어 넣었다.

그렇게 술자리는 마무리됐다. 선수들은 함께 선수촌으로 복귀했고, 다시 각자 방으로 흩어져 돌아가 오전 훈련이 없는 다음 날 늦은 시간까지의 기나긴 단잠에 빠져들었다. 하지만 그 날의 자리가 완전히 마무리된 것은 아니었다. 보류선수 여섯 명과 장효조, 김시진까지 고참 선수들 여덟 명은 미리 이해창과 김재박이 돌린 언질대로 선수촌 입구에서 은밀하게 발길을 돌렸고, 택시를 잡아 타고 서울여대 앞까지 나가 허름한 맥주집에서 조촐한 '2차'를 진행했던 것이다.

성질대로라면 양주라도 몇 병 까야 했지만, 그 날 만큼은 사고가 될 일을 벌이지 말자는 공감대가 간단히 형성되고 있었다. 오히려 양주잔 홀짝이는 것보다도 그저 맥주나 푸짐하게 들이켜는 것이 그 날의 분위기에도 맞을 것 같았다. 그 무렵 유행하던 흑생맥주잔이 하나씩 돌았다. 흑맥주의 그 씁쓸하고 묵직한 뒷맛은 꽤나 찐득한 그 자리의 대화에 훌륭하게 어울리며 녹아들어갔다.

그 자리에서 제멋대로 자신들의 선택권을 박탈하다시피 한 야구협회에 대한 서운함과, 아직 덜 여문 신예들을 바라보는 불안과, 그럼에도 불구하고 한번 해보자는 각오가 여러 차례 토로되고 되풀이되고 다져졌다.

"이거 참… 묘하네 묘해. 전에는 국가대표 선발되면 얼마나 뿌듯하고 그랬냐고. 어떤 애들은 집안에서 막 동네잔치도 하고 그랬다고. 동네 입구에 프랑카드도 걸고. 어느 집 누구 아들 아무개 국가대표

선발, 어디 세계대회 출전, 뭐 이래 써가지고. 그래서 태극마크 달고 외국에 딱 나가면, 뭐 알아보는 사람 아무도 없어도 얼마나 의기양양 하고… 그저 같은 국가대표라는 거 하나만으로 선후배간에도 참 끈 끈하고… 그저 좋기만 했는데, 어째 요번에는 이런 기분으로 앉아있 나 모르겠다. 아이고…."

분위기가 슬슬 마무리되어갈 무렵, 벌써 몇 해째 대표팀에 개근하 고 있는 김재박이 한숨 섞인 말을 뱉었다. 그러자 곧장 유두열이 받 았다.

"그러게 말입니다. 뭐 홈그라운드라 편한 거는 좋긴 좋지마는, 우 리나라에서 시합을 한다니까 국가대표가 된 느낌도 별로 덜한 거 같 고… 또 아무래도 처음부터 프로야구로 갔으면 어쨌을까 싶어서 마 음도 좀 심란하고, 요 태극마크 단 뒤로 처음으로 요래 묘한 느낌이 오네요."

처음 느껴보는, 미묘한 느낌. 그저 좋기만 하고 자랑스럽기만 하고 뿌듯하기만 하고 신나기만 하던 국가대표라는 이름. 그 이름을 놓고 때로는 한숨을 쉬기도 한다는 사실 자체가, 국가대표 물을 몇 해씩 먹은 베테랑들에게는 특히 불편하지 않을 수 없었다. 얼마 남지 않은 잔의 술을 아끼기라도 하듯 입술 끝으로 홀짝이며 무언가 떠오른 듯, 임호균이 말을 꺼냈다.

"그래도… 어찌 보면, 우리가 사실상… 마지막 국가대표 아닙니까."
"마지막 국가대표?"

누군가 신기한 말이라는 듯 되물었다. 그러자 호균이 다시 말을 이었다.

"아니, 뭐 그렇잖아. 프로로 넘어간 사람은 다시는 국가대표가 될 수 없는 건데, 이제 다들 학교 졸업하면 프로로 갈 거니까, 앞으로는 국제대회 나갈 때도 그냥 대학선발팀에다가 군인 몇 명 보태서 나갈 수밖에 없을 거 아니냐고. 천하의 김재박, 천하의 최동원, 천하의 장효조, 천하의 심재원… 응? 또 뭐 천하의 이해창, 천하의 유두열, 천하의 김시진, 또 이 천하의 임호균. 하하. 뭐 이렇게 대한민국 최고의 선수들로 만드는 국가대표팀은 우리가 마지막 아니겠냐고. 안 그렇습니까?"

임호균이 진지한 표정으로 시작해 익살스런 표정으로 맺으며, 이해창에게 말머리를 넘겼다. 이해창 역시 껄껄 웃으며 받았다.

"야… 그거 멋지다. 마지막 국가대표라. 그래, 우리가 마지막 국가대표지. 좋은데?"

그리고 마저 몸을 일으키며 말을 이었다.

"자, 좋다. 뭐 이 기분으로 마무리를 하자. 내친김에 내가 그냥 마무리 건배 제안을 할게. 호균이 말대로 이제 프로야구가 시작됐고, 내년에는 우리도 다 프로선수가 될 거 아니냐. 그리고 앞으로는 실력 있는 애들 중에 대학을 졸업하고도 몇 년씩 아마추어에 남는 경우도 없을 거고, 그러니까 당연히 우리처럼 유보선수를 만들 수도 없을 거라고. 정말 우리가 대한민국 야구 역사상 마지막으로 제대로 된 국가대표라고도 할 수 있는 거 아니겠냐? 마지막 국가대표. 진짜 멋지지 않냐? 뭐 어찌 됐든, 역사상 마지막이니까, 한번 진짜 열심히 해서 우승을 하면서 유종의 미를 거둬 보자고. 스물세 명이라고 그래봤자 우리 여섯 명, 아니 여덟 명이 어떻게 하느냐에 따라 결과가 완전히 달라질 수밖에 없는 거 아니겠냐? 각자 후배들 잘 챙겨서, 어떻게든 이번에 꼭 우승을 해보자고. 자, 세계 제패를 통해서, 마지막 국가대표 팀의, 역사적인, 멋진 마무리를, 위하여."

"위하여!!"

마지막 국가대표. '최초의 국가대표팀' 멤버였던 박현식 감독이 했던 이야기들을 곱씹다가 임호균이 떠올린 말이었다. 이제 다시는 만들어질 수 없을 최고의 국가대표팀. 그래서 처음이자 마지막으로 세계선수권대회를 제패할 수 있는 기회. 각자 몇 해째 달고 있는 태극 마크였고 '국가대표'라는 이름이었지만 '마지막'이라는 단어가 붙여지자 새삼 가슴을 울렁이게 하는 어떤 느낌이 있었다. 그리고 술잔에 남아있던 마지막 한 모금씩이 여덟 사람의 목구멍을 넘어가는 순간, 각자의 머릿속에 떠오르는 생각은 대략 비슷한 것이었다.

'그래. 기왕 이렇게 된 거, 마지막 국가대표의 한 사람으로 역사에 이름을 깊이 새겨보자.'

말도, 눈빛도 없이 그저 껄껄대는 웃음소리의 진동만으로 알 수 있을 만큼, 그것은 분명한 느낌이었다.

10

   며칠 후, 이해창은 김재박과 함께 저녁식사 후에 산책을 나가던 길에 기묘한 광경을 목격했다. 실내연습장에서 누군가 그물이 쳐진 벽에 포수 미트를 벌려 묶어두고 그것을 겨냥해 공을 던져대고 있었던 것이다. 훤칠한 키, 하지만 멀찍이서 얼핏 스쳐보면 그리 크다는 느낌을 받지 못한 둥글둥글한 몸의 윤곽. 얼른 알아볼 수 있는 선동열의 몸이었다. 투수가 혼자서 투구훈련을 하는 경우도 많지 않았지만, 한다고 해도 대개는 사각형으로 스트라이크존을 표시한 천을 붙여놓고 거기에 던지는 경우가 많았다. 하지만 아마도 보다 정교하게 제구력을 잡는 훈련으로, 선동열은 포수 미트를 겨냥하고 있는 것 같았다.

   공을 던지기 시작한 것이 이미 꽤 오래 전인 듯, 벽에 묶어둔 미트

근처의 바닥은 온통 떨어져 흩어진 공들로 하얗게 되어 있었고, 동열의 옆에는 공을 담아두었던 노란 플라스틱 상자 하나가 거의 비어가고 있었다.

"쟤, 뭐 하는 거냐?"

이해창은 김재박과 서로 알 수 없다는 표정을 주고받으며 한동안 그 자리에 서서 그 기묘한 훈련 광경을 지켜보고 있었다.

그렇게 십여 분이 지날 때쯤, 곁에 둔 플라스틱 상자가 비워지자 동열은 그 상자를 끌고 그물벽 앞으로 가 여기저기 흩어진 공을 다시 주워 담고는 원래 자리로 돌아와서 섰다. 하지만 그 광경을 몰래 지켜보고 있던 것은 그들만이 아니었던 듯 했다. 선동열이 막 새로이 첫 번째 공을 던지려고 두 손을 가슴께에 모았을 때, 그의 뒤쪽에서 나타나 어깨를 툭 치고는 그물벽을 향하는 사람이 있었다. 뒤도 돌아보지 않고 뚜벅뚜벅 걸어가며 마스크를 내려 쓰고 앉는 그는, 얼굴을 또렷이 볼 수는 없었지만 틀림없는 심재원이었다. 잠시 모자를 벗고 이마에 땀을 훔쳐내며 심재원이 자리에 앉아 준비를 마칠 때까지 기다렸던 동열은 꾸벅, 한 번 허리를 숙인 뒤 다시 와인드업 동작을 시작했다.

그 날도 심재원의 미트는 공을 따라서 움직이지 않았다. 다만 안쪽
과 바깥쪽, 높은 쪽과 낮은 쪽으로 옮겨 다니며 미리 자리를 잡고 공
을 기다렸고, 기다리는 위치로 날아들지 않는 공은 미트가 아닌 그물
벽을 때리는 수밖에 없었다.

서너 개의 공을 던졌을 때, 처음으로 공이 그물 벽을 때렸다. 그리
고 잠시 멈칫 하던 동열이 자리를 벗어나 재원 쪽으로 두어 걸음을
옮겼을 때, 비로소 재원의 목소리가 처음으로 들렸다.

"요번에는 스라이다."

동열은 그 자리에 멈춰 섰고, 잠시 머뭇거리다가 다시 제자리로 돌
아갔다. 그리고 팽팽하게 몸을 당겨 힘을 모으고는 전력을 다 해 슬
라이더를 던져 넣었다.

'빵'

한가운데서 재원의 오른 무릎 쪽을 향해 휘며 정확히 스트라이크

존의 1/3을 도려내는 듯한, 하지만 직구와 별다른 구속의 차이가 없어 보이는 위력적인 공이었다.

그 무렵부터 대표팀의 경기력은 상승곡선을 그리기 시작했다. 선동열은 때로는 혼자 실내연습장에서 벽에 묶어둔 포수 미트를 겨냥해 공을 던져 넣었고, 또 때로는 심재원과 호흡을 맞추는 개인훈련을 이어갔다. 조금은 느슨해져 있던 김시진이 실전피칭 횟수를 늘려가기 시작한 것도 물론 그것과 완전히 무관한 일은 아니었다. 그리고 비슷한 시기에 재활 중이던 최동원도 조금씩 페이스를 끌어올리는 의욕을 보이기 시작했고, 임호균 역시 구속을 조금이라도 끌어올리기 위해 하체를 강화하는 훈련일정을 보강하기도 했다. 투수들의 훈련량이 많아지면서 포수들의 지원도 더 많이 필요해졌고, 심재원 외에도 백업포수들인 한문연과 김진우가 포수마스크를 쓰고 훈련에 참가하는 빈도가 점점 늘어간 것도 그에 따른 당연한 변화였다.

한대화는 매번 플레이가 시작되기 직전에 내야와 외야의 상황을 전체적으로 다시 한 번 점검하는 습관을 들이며 김재박과 하이파이브를 하는 횟수를 늘려갔다. 단지 공을 잘 잡는 수비수에 그쳤던 그가 김재박을 통해 주변 상황을 살피는 '시야의 중요성을 깨우치며 '공의 길목을 지킬 줄 아는' 한 단계 높은 수준의 수비수로 탈바꿈해가고 있었다. 그리고 그 외에도 모든 야수들이 다른 야수들과의 대화가 늘어날수록 송구가 더 정확해지고 베이스커버와 백업 플레이가 자연스럽게 원활해지는 것을 경험하기도 했다. 훈련의 강도는 좀 더 강해졌지만 선수들이 느끼는 피로도는 낮아지는 경험. 그래서 더 많은 훈련을 소화하게 되면서 자신감도 상승하는 것. 이해창이나 김재박 같은 베테랑들은 대표팀이 뭔가 '되어가는 팀'의 선순환 과정에 접어들고 있음을 느낄 수 있었다.

연습경기에서의 승률이 높아지고 경기내용이 더 좋아지는 것은 그 당연한 귀결이기도 했다. 대학팀들은 대부분 콜드게임으로 퍽퍽 넘어가곤 했고, 어지간한 실업팀들도 맥을 추지 못하기는 마찬가지였다. 사실 초반 어수선한 분위기 탓에 고전을 하기는 했지만 대한민국 최고의 선수들로 구성된 국가대표팀으로서는 이겨야 본전인 경기들일 수도 있었다. 하지만 대부분의 연습경기 상대팀들이 국가대표팀을 상대로 무안타와 대량실점의 수모를 겪으며 예상보다도 훨씬 간단하게 줄줄이 나가 떨어졌고, 오히려 어우홍 감독과 코치들은 '훈련의 효과가 있을 만한 팀들'을 섭외하기 위해 또 다른 고민을 해야 했다. 대만 전지훈련에서도 현지 대학팀이나 사회인 팀들과도 여러 차례 연습경기를 가졌지만, 일부러 이런 저런 실험을 해보느라 승부의 고삐를 놓지 않는 한은 별다른 어려운 고비 없이 기세를 쥐고 흔들 수 있었다.

그러는 사이 8월로 접어들었고, 대회 개막일인 9월 4일은 코앞으로 다가와 있었다. 전기리그를 마무리하고 후기리그에 접어든 프로야구에서는 전기리그를 제패한 OB베어스가 한 장 남은 한국시리즈행 티켓에 목을 매달고 있던 삼성 라이온즈의 발목을 끈질기게 잡아가며 신문지상에 '통합우승의 가능성'을 오르내리게 하고 있었다. 하지만 이미 우승 가능성과 멀어지며 언론의 관심 대상에서도 밀려난 나머지 네 개 구단의 팬들이 야구장으로부터 썰물처럼 빠져나오면서 한 해 내내 달아올랐던 프로야구의 열기에 조금씩 브레이크가 걸리고 있었다. 그리고 그렇게 입맛을 다시며 빈손을 털고 프로야구판을 빠져나온 야구팬들은 '내년에 들어올' 본격적인 핵심전력들이 모여 있던 국가대표팀으로 눈을 돌리기 시작했다.

"김재박이랑 이해창만 돌아오면 내년 우승은 MBC야."

"최동원이랑 심재원이면은 국가대표 주전 빠떼리다. 거다가 유두열까지 빼놓고도 꼴찌 면했으면, 사실 롯데도 웬만큼 한기 아이가?"

"임호균이랑 김진우만 들어오면, 우리 삼미도 꼴찌를 할 팀은 아니지. 원래 인천이 야구도시 아닌가."

하지만 동시에 '들떴다'거나 '흥분했다'는 것과는 묘하게 다른, 산만한 흐름이 선수들의 마음을 이리저리 헤집고 있었다. 부쩍 잦아진 기자들의 눈길을 의식해야 했고, 때로는 삼삼오오 모여 카메라 앞에서 '파이팅'을 외치거나 방송국 마이크를 쥐고 '꼭 국민의 기대에 부응해 우승함으로써 국위를 선양하겠다'는 멘트를 주어진대로, 반복해서 읽어야 하기도 했다.

한편 프로무대의 친정 아닌 친정 팀의 성적, 그리고 라이벌 아닌 라이벌들의 개인기록들을 들춰보며 내년의 자기 모습을 그려보는 이들도 부쩍 늘어났다. 후기리그에서도 또다시 OB에게 발목을 잡히며 질척대는 삼성의 모습을 볼 때마다 장효조와 김시진은 혀를 찼고, 최동원은 박철순이 22연승의 대기록을 쌓아가는 과정을 지켜보면서 몇 번이고 안경을 고쳐 썼다. 시즌 중반에야 프로무대에 발을 담그고도 압도적인 페이스로 도루왕 경쟁에서 앞서나가고 있던 김일권이 하나 하나 도루를 추가했다는 소식이 들려올 때는 이해창과 김재박이 입맛을 다시기도 했다.

대체로 애초의 우려에 비하면 성공적이고 다행스런 과정이긴 했다. 하지만 대개의 경우 대회가 가까워질수록 고민거리가 줄어들고 생각이 단순해지는 것이 좋은 느낌을 주는 경우라면, 그 무렵 대표팀은 조금씩 산만해지고 있었고, 싱숭생숭해하고 있었다. 그런 점에서 그 해의 세계야구선수권대회는 묘하게 불길한 뒷맛을 남기고 있기도 했다.

11

"우리도… 뭐 고등학교 때는 일본한테 져본 적이 별로 없었잖아."

"그럼. 우리 고3 때… 오사카에선가, 첫 판만 지고 다음에 내리 세 판 이겼지. 그 때는 호균이 니는 없었든가?"

"그 때 황금사자기 결승에 나갔던 학교 선수들을 주축으로 갔잖아. 나는 그 때는 못 갔고, 고 다음에 대만 원정은 따라갔었지."

"아, 니랑 같이 간 게 대만 때였나? 뭐 우리 한 해 선배 때, (박)상열이 형, 또 저기 하기룡, 이광은, 신언호 선배들 배재고 삼총사 때는 거 뭐야, 그 괴물이라던 투수, 그 에가와 스구루[6]를 신나게 두들겨 조져

---

6) 약체인 사쿠신가쿠 고교를 홀로 이끌며 1973년 하계 고시엔 준우승을 달성했으며, 재학 중 퍼펙트게임 2회, 노히트노런 9회를 기록했다. 워낙 구위가 뛰어나 상대팀에서는 타자가 그의 공을 쳐서 파울만 만들어도 환호성을 질렀다고 전해지며 '괴물'

가지고 3승 했나 그랬었잖아."

"그랬지. 저기 중앙고에 그 누구냐, 거 유대성 선배가 에가와한테 홈런쳤다고 한참 난리 나고 그랬지. 사실 일본 애들이야 늘 우리 밥이었지 뭐. 그런데 또 고등학교 때 다르고 대학 때 다르고, 국가대표팀에서는 또 다르잖아. 일본 애들."

"그래 말이다. 문제다. 어린애들이 고등학교 때 일본 몇 번 이겨봤다고 우습게 보는 거… 어쩌면 저 근거 없는 자신감 때문에 일 나지 싶다. 쯧쯧."

잠시 더그아웃 옆쪽으로 얕게 드리워진 그늘에서 늦여름의 묵직한 볕을 피하며 한 숨 돌리던 동갑내기 장효조와 임호균이 멀찍이에서 캐치볼을 하는 선동열과 박노준을 보면서 주고받는 이야기였다.

7월부터 언론을 통해 전해지기 시작한 일본의 역사교과서 왜곡 문제가 잠복해있던 민족감정에 불을 붙였고, 이내 점점 뜨겁게 타들어

이라는 별명을 가장 먼저 얻은 일본 고교야구 사상 최고의 투수 중 한 명으로 꼽힌다. 1979년에 프로무대에 데뷔해 9년간 통산 135승을 기록하기도 했다.

갔다. 이듬해부터 일본 전국의 고등학교들에서 사용하게 될 ≪일본사≫와 ≪현대사회≫ 교과서에 대한 문부성 검정 과정에서 '침략'은 '진공'으로, '출병'은 '파견'으로, '수탈'은 '양도'로 표현을 바꾸도록 하는 등 80여 년 전에 저질렀던 잘못을 얼버무려 묻으려 한다는 소식이었다. 그 사실이 처음 전해지며 한 번 반일감정의 물결이 밀어닥쳤고, 곧 이어 중국과 소련 등 태평양전쟁의 피해를 경험한 주변국가에서 일장기 화형식이 벌어지는 등의 격렬한 반일운동이 벌어지고 있다는 외신이 들려오면서 '우리라고 가만히 있을 수는 없지 않느냐'는 분위기가 살아나며 두 번째 물결이 밀려왔다. 〈유머 일번지〉라는 TV 코미디 프로그램에서 임하룡과 심형래의 부하 역으로 출연하던 단역 개그맨 정광태가 신형원 등이 참가한 옴니버스 앨범에 남는 2분간의 자투리 시간을 채우기 위해 불러서 녹음했던 노래 '독도는 우리 땅'이 초대형 히트곡으로 떠오른 것 역시 그런 흐름 덕분이었다.

그리고 8월 말로 접어들자 당연히 국민들의 시선은 당장 일본팀과 곧 맞대결을 벌이게 될 야구 국가대표팀을 향하고 있었다.

'꼭 이겨서 한국인들의 매운맛을 보여달라.'

물론 야구시합에서 진다고 해서 일본 사람들이 새삼 한국인들에 대한 경외심이나 두려움을 가지게 될는지, 혹은 그래서 '아차, 이래선 안 되겠구나'하면서 왜곡하려던 역사교과서를 다시 바로잡아놓게 될는지는 도저히 알 수 없었다. 하지만 늘 그렇듯 한일전이란 한국과 일본이라는 애증의 이웃 사이에 놓인 과거와 현재와 미래를 걸고 싸우는 대리전이었고 상징과 담론의 전쟁이었다.

"일본한테는 져본 적이 없습니다. 자신 있습니다."

선동열, 박노준, 조성옥, 한문연 같은 젊은 선수들의 한결같은 말이었다. 그들에게 일본이란 공포의 대상이 아니라 잡기도 쉽고, 잡으면 얻어지는 것도 많은, 먹음직스런 사냥감에 불과했다. 하지만 고교 시절부터 늘 일본과의 시합을 통해 전국적인 주목을 받고, 때로는 일본 프로야구계로부터 관심을 받으며 자존심을 키워온 젊은 세대들에게 그런 지나친 자신감과 투지는 독이 될 수 있는 여지도 없지 않았다.

1979년에는 조성옥 등이 주축이 된 한국고교선발팀이 그 해 여름 고시엔 우승팀 미노시마고(高) 멤버들을 주축으로 한 일본고교선발팀을 동대문으로 불러들여 3전 전승을 거두기도 했고, 1981년에는 박노준과 김건우라는 핵심멤버가 빠진 채 나선 '2진급' 고교선발팀이 역시 고시엔의 '괴물'이라 불리던 가네무라 요시아키[7]와 구도 기미야 쓰[8]를 난타하며 3전승을 거두기도 했다. 그 외에도 전반적인 야구 수준에서는 한 수 아래임을 부정할 수 없었지만 해마다 한일고교선발팀간의 대결에서만큼은 한국이 늘 우위를 점하며 민족적인 자존심을 세워왔던 경험이 있었다. 더구나 대표팀 신진세력의 핵이라고 할 수 있는 선동열은 바로 전 해에 미국 뉴워크에서 열린 세계청소년선수권대회 창설 대회에서 베네수엘라와 미국을 상대로 연달아 완투승을 거두며 우승을 이끌었고, 개인적으로도 MVP에 선정되며 '세계 최고'의 자리에 올라본 경험도 가지고 있었다.

하지만 학생야구와 성인야구는 다른 차원의 문제였고, 학생야구

---

7) 재일동포. 한국명은 김의명이다. 1981년 투타 양면에서 맹활약하며 모교인 호도쿠 가쿠엔고의 고시엔 우승을 이끌었고, 이듬해 신인드래프트에서 전체 1순위로 긴테쓰에 입단하기도 했다. 선수생활을 접은 뒤로는 TV 해설자로 활약하고 있다.

8) 나고야 전기고등학교 3학년이던 1981년 갑자원 대회에서 노히트노런을 기록하며 팀을 4강으로 이끌었다. 졸업 후에는 취직을 해야 한다며 프로입단을 거부했다. 하지만 세이부 라이온즈의 간곡한 청으로 1982년에 입단했으며 다이에, 요미우리, 요코하마 등을 거치며 2010년까지 무려 29년 동안이나 선수로서 활약했다. 통산 기록은 3336.2이닝 투구에 평균자책점 3.45, 224승(13위)과 2,852탈삼진(7위)이다.

에서 거둔 성적이라는 것 자체도 어느 정도의 착시효과가 겹쳐진 것이기도 했다. 일본 고교생들에게 지상 최고의 목표는 고시엔 대회 우승이었고, 그 대회가 끝난 직후에 열리곤 했던 한일고교대항전은 늘 일본의 학생선수들에게 지친 몸과 풀어진 마음으로 마지못해 치르는, 혹은 그저 여행을 겸해 그야말로 '친선'의 마음으로 치르는 경기일 뿐이었다. 애초에 '한일전'이라면 종목과 차원을 떠나 목숨을 걸어야 할 '성전(聖戰)'으로 여기며 자라게 하는 한국 쪽의 사정과는 영 다를 수밖에 없는 일이었고, 그렇게 다른 태도로 준비하고 임하는 경기에서의 승패는 진작 경기가 시작되기도 전에 갈려있는 경우가 많았던 것이다.

게다가 여러 가지 가능성을 내다보며 여유롭게 키워진 수많은 자원들 속에서 잠재력과 굳은 각오를 가진 원석들을 골라내 비로소 다듬고 단련하기 시작하는 일본의 프로야구, 혹은 그 프로야구 무대로의 진입을 노리며 패자부활전에 매진하는 사회인 팀이나 대학팀의 선수들이 보여주는 성장속도는 한국 성인 선수들과 도저히 비교할 수가 없는 것이었다. 한국에서라면, 명문대학에 특기생으로 입학하고 실업팀에 입단해 직장을 마련하는 선에서 야구가 인생에 있어서 가지는 효용이 끝난다고 생각하는 이들이 대다수였다. 따라서 고교를 졸업하면서 급격히 둔화된 성장속도는 대학을 졸업하는 순간 거의 멈추곤 했고, 20대 후반을 넘어서면 이번에는 급격한 퇴화 과정으로 돌입하게 되곤 했던 것이다.

그 때까지 2년 간격으로 스물여섯 번 치러진 세계야구선수권대회의 역사에서 열여섯 번이나 우승을 독차지했던 최강팀 쿠바의 불참이 결정되어 있는 상황에서, 어차피 우승을 다툴 수 있는 후보는 미국과 일본이었고, 역시 개최국이라는 프리미엄을 누릴 수 있는 한국이 거기에 보태질 수 있었다. 그 중에서도 '미국에 지고 준우승'이라면 별 문제가 될 게 없었지만, 일본에게 밀리는 결과만은 도저히 받아들여질 수 없는 문제였다. 일본이라는 적에 대한 준비와 태도와 각오는, 여러 모로 중요한 문제일 수밖에 없었던 것이다.

12

　9월 4일. 오후 1시. 새로 지은 잠실야구장에 3만 명의 관중이 가득 들어찬 가운데 제27회 세계야구선수권대회가 개막되었다. 김상협 국무총리서리와 이원경 체육부장관, 정주영 대한체육회장, 임광정 대한야구협회장 등 국내 정계와 체육계 거물들이 총집합했고 로버트 스미스 국제야구연맹 회장, 보위 쿤 미국 메이저리그 사무국 커미셔너 같은 국제 야구계의 큰 손들도 찾아와 자리를 지켰다. 그리고 국제행사 때면 늘 그랬듯이, 그리고 그 해 3월 27일 동대문야구장에서 열렸던 프로야구 개막식에서도 그랬듯이 동두천여상의 고적대 시범과 국악예고생들의 농악공연이 펼쳐졌고, 10개 참가국 선수들이 '한국식'으로 오와 열을 맞춰 도열해 개최국 한국팀의 주장인 이해창의 선창에 따라 '선수선언'을 한 뒤, 한국과 이탈리아의 경기를 시작으로 11일간의 레이스가 시작되었다.

한국, 미국, 일본, 대만, 이탈리아, 호주, 네덜란드, 도미니카, 파나마, 캐나다. 참가국은 모두 10개 나라였고, 토너먼트가 아닌 풀리그 (Full League)로 서로 각각 1판씩을 겨룬 뒤 최다승팀이 우승컵을 가져가는 방식의 운영이었다. 그 중 1973년과 1974년에 연속우승을 경험한 야구 종주국 미국이 최강팀으로 분류되는 가운데 일본이 그에 버금가는 전력을 갖춘 '양강'으로 꼽혔고, 개최국 프리미엄을 안은 한국이 그에 도전할 만한 전력으로 평가받고 있었다. 그 3강을 제외하면 훗날 일본프로야구에서 통산 117승을 올리게 되는 걸출한 에이스 곽태원이 이끄는 대만과 전통의 야구 강세지역인 중남미의 도미니카, 파나마 등이 넓게 봐서 '다크호스'로 꼽히는 팀들이었다. 결국 뒤집어서 말하자면 그것은 이탈리아, 네덜란드, 호주, 캐나다 정도가 약체로 분류되는 팀들이었다는 의미이기도 했다.

그래서 한국의 개막전 상대가 이탈리아라는 것은 나쁘지 않은 대진운이었다. 일단 첫 경기를 부담 없이 치러내면서 특히 젊은 선수들이 많은 선수단에게 자신감과 여유, 그리고 경기감각을 선물할 수 있을 것이기 때문이었다.

개막전 선발투수는 김시진이었다. 최동원에 이어 팀 내에서 두 번째 비중을 가진 투수를 투입해야 할 만큼 어려운 경기라고 예상한 것은 아니었지만, 어쨌든 개막전이니만큼 최소한의 집중력을 다하자는 차원의 선택이었다. 그리고 경기는 기대만큼은 아니지만 나름대로 순탄하게 흘러갔다. 김시진이 5회까지 단 2안타만을 내주며 무실점으로 막아갔고 그 사이 4회 말에는 5번 타자로 나선 심재원의 적시타가 터지며 선취점을 뽑아내기도 했다. 하지만 야구는 역시 흐름의 경기였고, 한국팀은 그 흐름을 지배할 만큼 노련하지 못했다. 유두열의 병살타가 튀어나와 추가득점에 실패하면서 흐름이 묘하게 변해갔고, 그 불길한 흐름을 조기에 틀어막고 승부에 쐐기를 박기 위해 7회 초에 교체 투입한 최동원이 오히려 이탈리아의 5번 타자 카렐리에게 뜻밖의 중월 2루타를 맞아 2점을 내주며 역전을 허용하고 말았던 것이다. 그리고 일단 역전을 허용하자 전혀 예상하지 못했던 상황 전개에 당황한 한국 팀은 고참 신참을 가릴 것 없이 동요했다. 조성옥과 한대화 같은 젊은 타자들은 머리가 흔들릴 지경으로 크게만 휘두르다가 삼진으로 돌아섰고, 김재박과 이해창 같은 노련한 타자들은 안타를 치고도 의욕만 앞세워 폭주하다가 횡사하는 바람에 경기 막판에 찾아온 재역전의 기회마저 물거품으로 만들어버리기도 했다.

결국 2대 1의 믿기 어려운 패배. 손쉽게 요리할 수 있다고 판단했던 이탈리아전의 패배는 단순한 1패 이상의 타격이었다. 이제 남아있는 여덟 번의 경기에서 한 경기라도 더 진다면 자력으로 우승을 기대하기는 어렵게 됐기 때문이고, 이튿날로 예정된 우승후보 미국과의 경기에 투입해야 할 최동원을 소모하고도 승리를 건지지 못했다는 투수운용상의 문제 때문이기도 했다. 그리고 무엇보다도 선수단 전체의 기운을 쏙 빼놓은 심리적인 타격이 문제였다.

"예, 예, 알겠습니다. 내일부터 한 경기 한 경기 모든 경기를 결승전이라는 각오로 치르겠습니다. 예, 예, 죄송합니다. 면목이 없습니다. 하지만 걱정 마십시오."

"아, 예, 죄송합니다. 면목이 없어요. 하지만 내일 미국을 이기면 다시 한 숨 돌릴 수 있으니까, 내일 경기까지만 지켜보고 기대를 해주세요. 아, 예, 죄송합니다."

경기를 마치고 돌아온 숙소에서 어우홍 감독은 내내 전화통을 붙들고 온갖 관계자와 기자들의 날선 목소리들을 누그러뜨리느라 애를 먹고 있었다. 물론 야구협회 역시 밀려드는 시민들의 항의전화를 받느라 업무가 마비될 지경이었다. '듣도 보도 못한 선수들로 국가대표를 만들 때부터 이렇게 될 줄 알았다. 지금이라도 당장 김일권, 김봉연, 김용희, 이선희를 데려와라'는 앞뒤 없는 내용이 대부분이었다. 한 해 내내 프로야구 경기를 보며 환호했던 이들이 이번에는 그 프로야구팀에 선수들을 빼앗기며 움츠러든 국가대표팀이 너무 허약하다고 불만을 쏟아내고 있는 셈이었다.

'따르르릉, 따르르릉⋯'

수화기를 내려놓고 소파에 몸을 붙이자마자 또다시 울려대는 전화벨 소리에 어우홍 감독은 두 손으로 얼굴을 감쌌다.

"저⋯ 제가 받을까요?"

배성서 코치가 기어들어가는 소리로 말했다.

"됐어. 그냥 놔 둬. 어디 나가고 없는 줄 알겠지 뭐. 그보다⋯ 내일 시합 준비나 하자고."

어우홍 감독은 잔뜩 굳은 얼굴로 노트를 열었다. 하지만 전화벨 소리는 한순간도 멈추지 않고 울어댔다. 어 감독은 도저히 못 참겠다는 듯 펼쳐 놓았던 공책을 '탁'하고 접었다.

"에이, 자리 옮기자."

어우홍 감독과 배성서 코치, 그리고 김충 코치는 식당으로 자리를 옮겼다. 식사시간이 끝난 지 오래된 공동식당은 비어 있었고, 나름대로 훌륭한 회의공간이 되어주었다. 조리원들마저 모두 퇴근한 그곳을 찾을 사람은 아무도 없었다.

그 날 회의에서 가장 중요한 안건은 다음 날 선발투수로 누구를 내보내느냐 하는 문제였다. 애초의 구상대로라면 세밀한 기술이 떨어지는 대만과의 시합에는 기교파로 분류되는 임호균이나 박동수를, 일본전에는 타점이 높은 직구와 낙차 큰 변화구를 구사하는 오영일을, 그리고 힘에 의존하는 미국을 상대할 때는 정통파인 최동원, 김시진, 선동열 중에서 한 명을 선발로 내세울 계획을 세워두고 있었다. 그런데 첫 날 최동원과 김시진이라는 카드를 모두 써버리고 말았기 때문에 남은 대안은 선동열뿐이었다. 물론 개막전에 김시진과 최동원을 동시에 자신 있게 기용한 것은 선동열을 미국전에 투입한다는 계획도 함께 세워져 있었기 때문이었다. 하지만 이제 막 스물한 살 먹은 대학 2학년생 선동열에게 맡기기에는 그 한 경기의 중요성이 너무 커져버린 게 문제였다. 개막전 1승을 확보해둔 상태였다면 어차피 최강인 미국에게는 지더라도 큰 타격은 아니라는 생각으로 선동열의 패기를 한번 믿어볼 수도 있었다. 하지만 한 번이라도 더는 질 수 없는 벼랑 끝이 되어버린 이상 변수가 많은 선동열 카드를 선뜻 집어 들기는 어려웠다. 이겨도 좋고 저도 좋은 경기를 위한 모험성 카드를 필승카드로 격상시킬 것인가 하는 괴로운 문제였다.

"호균이로… 가는 게 어떨까 싶습니다. 동열이도 페이스가 좋긴 한데, 아직 검증이 된 게 없습니다. 역시 이런 경기에는 노련한 투수가 제 몫을 합니다. 호균이가 안정감이 있습니다."

김충 투수코치의 의견은 임호균이었다. 대표팀에서는 타격코치였지만 역시 한양대에서 감독으로 일하고 있던, 그리고 대학선발팀에서는 감독을 주로 맡고 있던 배성서 코치 역시 투수 기용 문제라고 해서 빠져 있을 수만은 없는 입장이었다.

"맞습니다. 호균이로 가시죠. 동열이도 힘은 좋은데, 역시 경기가 경기다 보니까… 심리적으로… 완전히 제 실력을 발휘하기가 어렵습니다."

어우홍 감독은 팔짱을 낀 채 눈을 지긋이 감고 한숨을 내쉬었다.

'호균이라…'

임호균은 물론 좋은 투수였다. 어떤 상황에서도 자기 몫은 해줄 수 있는 투수였다. 제구력이 장기인 투수였고, 심리적으로도 쉽게 흔들리지 않는 강점을 가지고 있었다. 하지만 어우홍 감독은 미국전 이후를 내다보고 있었다. 위기에 몰렸을 때일수록 여유를 찾아야 하는 것은 선수들만이 아니다. 지도자들 역시 호흡을 흐트러뜨리지 말아야만 멀리 갈 수 있다. 더 오랜 세월 동안 더 많은 경기를 치르고 더 많은 좌절과 영광을 맛본 노장 감독의 강점은 그런 순간에 발휘될 수 있는 것이었다. 임호균을 투입한다면 미국에게 이길 가능성이 조금은 더 올라가겠지만, 혹시 그마저 무너진다면 반대로 일본, 대만을 비롯해 역시 경계해야 할 다른 팀들과의 경기에서 더 큰 어려움을 겪게 될 수도 있었다.

병법에서 가장 금기시하는 것이 전력의 '축차(逐次)투입'이라고 했다. 되는대로 급한 마음에 동원 가능한 부대부터 차례차례 전선에 밀어 넣어 각개격파를 당하게 하는 것이 가장 무능한 지휘관이라는 얘기였다. 그래서 위기에 몰릴수록 침착해야 하며, 전력을 집중할 때와 분산할 때를 알아야 하고, 또 이겨야 할 전투를 반드시 이기고 져도 되거나 질 수밖에 없는 전투에서는 가능한 한 전력을 보존하도록 해야 전쟁에 승리할 수 있다는 얘기였다.

하지만 어우홍 감독은 쉽게 판단을 내릴 수가 없었다. 미국전은 반드시 이겨야 할 전투인가, 아니면 져도 될 전투인가, 혹은 질 수밖에 없는 전투인가. 선동열과 임호균은 각각 보호해야 할 전력인가 소모해도 될 전력인가. 미국만 잡고 보면 뭔가 반전의 계기가 생길 것도 같았다. 하지만 자칫하면 가장 강하고 믿을 만한 투수들부터 차곡차곡 밀어 넣다가 강팀에게는 힘에 밀려 깨지고 약팀에게는 투수가 부족해 무릎을 꿇는 최악의 시나리오가 현실화될 수도 있었다.

곤혹스러웠지만, 어 감독은 결론을 내렸다.

"아니야. 그냥 동열이로 가자고. 김 코치, 동열이 컨디션 좋다고 했지?"

　김충 코치가 고개를 갸웃거리며 답했다.

　"예, 뭐, 컨디션은 좋습니다. 하지만 압박감을 잘 극복할 수 있을
지…."
　"괜찮아. 그 자식, 듬직하더라. 잘 할 거야."

　선동열에 대한 특별한 믿음이 있었다기보다는 임호균이라는 카드
를 조금 더 아껴두고 싶었기 때문일 수도 있었다. 하지만 투수 출신
이었던 어우홍 감독 역시 선동열이라는 투수가 언젠가는 한국야구
의 좁다란 틀을 깨고 나올 주머니 속의 송곳이라는 것을 간파하고 있
었다. 다만 그 잠재력이 터지는 것이 이번 대회이기는 어렵다는 것이
이성적인 판단이긴 했지만, 어쩐지 한번 도박을 걸어보고 싶은 꿈틀
거림이 뱃속에서 일어나기 시작한 것도 분명한 사실이었다.

이튿날, 경기가 시작되었고, 선동열은 1회 초부터 흔들렸다. 제구
도 흔들렸고, 제구를 의식하게 되자 구위도 반감되었다. 선두타자 브
롬리에게 직구를 던졌다가 깨끗하게 유격수 오른 쪽을 스치는 좌전
안타를 맞았고, 이어서 숨 돌릴 틈도 없이 2번 타자 버지에게 슬라이
더를 던졌다가 정확히 통타당하며 좌익수 키를 넘기는 큼직한 2루타
를 맞았다. 수비수들이 제대로 몸을 풀기도 전에 너무도 허무하게 내
준 선취점이었고, 벤치는 순간적으로 얼어붙었다. 그리고 투수가 흔
들린다는 점을 간파한 미국 타자들은 신이 난 듯 서로 피니쉬블로는
자신이 날리겠다며 앞다투다시피 한껏 힘을 실어 배트를 휘둘러댔
다. 3번 타자를 또다시 볼넷으로 내보낸 선동열은 4번 타자가 역시
정확히 때려내 직선으로 날아간 안타성 타구가 좌익수 유두열의 글

러브로 빨려들며 한 숨 돌렸다. 하지만 그 뒤를 이어 타석에 들어선 5번 타자 역시 연달아 외야석 까마득한 곳으로 홈런성 파울을 날려대고 있었다. 1번부터 4번까지 단 한 명의 타자도 제대로 압도하지 못한 동양의 앳된 투수를 상대하는 일이 너무 즐겁다는 듯 타자는 타석을 들락거릴 때마다 연신 섬뜩한 웃음을 흘려대고 있었다.

포수 심재원도 등줄기로 땀이 흘러내리는 걸 느꼈다. 홈런 한 방이면 대회 자체를 포기해야 할 상황이었다. 마지막 국가대표로 역사에 이름을 남기는 건 고사하고, 역사에 남을 최악의 망신 직전까지 도달해 있었다. 마스크를 벗고 이마의 땀을 훔쳐내며 마운드에 올라간 심재원은 선동열의 어깨를 한 번 툭 쳤다.

"어이, 동열이."

"예."

"…"

"…"

재원은 동열의 이름을 불러놓고 아무 말 없이 그의 눈을 응시했다. 동열도 무슨 영문인가 하면서 그를 마주 보고 있었다. 잠시 후 재원이 입을 열었다.

"알지? 내 미트는… 움직이지 않아."

그리고 뒤도 돌아보지 않고 제자리로 돌아가 마스크를 쓰고 앉았다.

선동열은 호흡을 가다듬었다. 그리고 벽에 묶어둔 미트를 향해 공을 던지던 시간들을 떠올렸다. 몇 달 되지 않는 시간이었지만, 확실한 목적의식을 가지고 매달렸던 시간들이었기에 고정된 미트에 공을 던져 넣는 일에 대해서만큼은 자신감이 생긴 그였다.

커브. 그리고 주먹을 넣고 있던 미트는 타자가 타격자세를 취하는 사이 가만히 재원의 왼쪽 무릎 아래쪽으로 가서 멈췄다. 선동열은 그 미트 하나에 온 신경을 집중했고, 가볍게 실밥에 건 손가락을 챘다.

공은 타자의 어깨 높이로부터 정확히 심재원의 미트를 향해 커다란 곡선을 그리며 떨어졌고, 힘이 잔뜩 들어갔던 배트는 그 공의 중심을 미처 따라가지 못한 채 등줄기를 후려쳤다.

'탁'

둔탁한 소리와 함께 그라운드에 강하게 처박힌 공은 빠르게 튀어 올라 김재박의 글러브로 빨려들었고, 김재박은 스스로 2루 베이스를 밟고는 훌쩍 날아올라 1루 주자의 슬라이딩을 피하며 1루로 공을 뿌렸다. '더블플레이'. 그렇게 길었던 1회가 종료됐다. 선동열은 여전히 무표정한 심재원과 눈을 마주치며 진땀을 쓸어냈다.

그 뒤로는 완전히 선동열이 지배하는 경기였다. 커브 위주의 피칭이 미국 타자들의 타이밍을 빼앗았고, 커브가 통하면서 간간히 섞는 직구의 위력이 배가됐다. 매 이닝 삼진을 잡아냈고, 표정에도 점점 자신감이 차오르기 시작했다.

물론 한국팀의 공격도 원활하지는 못했다. 하지만 선동열이 경기의 흐름을 잡아내자 고참 타자들이 힘을 내기 시작했다. 3회 말에는 김재박이 좌전안타를 치고 나가서 유격수 롱의 연속 실책을 틈타 3루까지 진출한 뒤 이해창의 안타 때 홈을 파고들며 동점을 만들어냈고, 5회 말에도 3번 타자로 출장한 주장 이해창이 우측 선상을 꿰뚫는 3루타를 날려 또다시 1루에 나가있던 김재박을 불러들이며 2점째를 만들어 역전에 성공했다.

물론 강팀 미국을 사냥하는 일이 그렇게 간단히 마무리될 리는 없었다. 그 경기의 두 번째 고비는 7회 초에 다시 찾아왔다. 2사 1,2루의 위기에서 미국의 타자는 롱이었다. 8번 타자였지만 스윙이 날카롭고 힘이 좋은 타자였다. 특히 3회에 연속실책으로 동점을 허용하는 빌미를 내주었다는 자책감 때문인지 기회를 그냥 흘려보내지 않겠다는 의지가 느껴졌다. 초구 커브는 좌측으로 빨랫줄처럼 뻗어가는 날카로운 파울. 2구 직구는 스트라이크존을 통과하며 투 스트라이크. 선동열은 거의 반사적으로 바깥쪽 멀찍이 빠지는 유인구를 준비하고 있었다. 하지만 포수 심재원의 미트는 정반대로 움직이며 타자의 어깨 근처에서 자리를 잡았다. 사인은 슈트. 그 날 거의 구사하지 않았던 구종이었다.

선동열은 고개를 흔들지는 않았지만 잠시 사인을 그대로 응시했다. 정말 그 사인이 맞느냐는 표현이었다. 심재원 역시 그대로 미트를 잡고 버텼다. '그래, 여기로 던져라'라는 의미였다.

결국 고개를 끄덕인 선동열은 심재원의 미트를 향해 공을 뿌렸고, 롱은 있는 힘껏 배트를 휘둘렀다. 맞기만 하면 단숨에 석 점을 내주며 대표팀의 무릎을 꺾는 절망의 역전패를 감수해야 할 수도 있는 순간. 하지만 타석 바로 앞에서 공은 타자의 몸 쪽으로 살짝 꺾이면서 떠올랐고, 배트는 '휭'하는 거친 소리를 내며 허공의 바람을 가르고 말았다.

"스윙, 스트라이크, 아웃."

주심의 우렁찬 콜. 심재원은 결정구를 품은 미트를 번쩍 들어 올렸고, 선동열 역시 오른쪽 주먹을 불끈 쥐어 올리며 화답했다.

9회 말까지 경기를 모두 끝냈을 때 선동열이 잡아낸 삼진 수는 모두 15개였다. 피안타는 단 5개. 원래 가장 자신이 있던 슬라이더 대신 커브를 주무기로 삼은 변칙이 빛난 한 판이었다. 팔이 긴 데다가, 선동열이 1회 초부터 흔들리는 모습을 노출했던 탓인지 유난히 크게 휘두르며 덤벼들던 그 날의 미국 타자들을 상대로는 슬라이더가 아닌 커브가 특효약이라는 심재원의 판단이 제대로 들어맞은 결과였다.

14

벼랑 끝에서 살아났다는 안도감은 다시 한 번 치고 올라갈 수 있는 힘이 되어주었다. 이튿날 그 대회의 보조구장으로 사용되던 인천의 도원야구장에서 열린 네덜란드와의 경기에 선발투수로 나선 것은 대학생 투수들 중 선동열과 더불어 가장 큰 기대를 받고 있던 인하대생 오영일이었다. 경험이 충분하지 못했던 탓에 경기 운영이 능숙한 편은 아니었지만 185센티미터의 큰 키에서 꽂아대는 빠르고 묵직한 공이 일품인 정통파 투수였다. 당초에 일본전 선발요원으로까지 내정되어 있던 그를 당겨서 선발로 등판시킨 가운데 여차하면 임호균, 그리고 하루를 쉰 최동원까지 두입해서 반드시 잡아내려는 계산이 어우홍 감독의 머릿속에는 세워져 있었다. 방심한 탓에 크게 실패했다고 생각한 이탈리아전의 쓰라린 기억을 다시는 되풀이하지 않겠다는 다짐이었다.

하지만 이번에는 돌다리도 두들겨보고 건너겠다는 지나친 신중함을 비웃기라도 하듯 걱정과 달리 순탄하게 경기가 풀려갔다. 네덜란드는 딱 예상했던 만큼의 약체였고, 두 번의 경기를 통해 몸이 풀리고 긴장이 녹은 한국 선수들은 딱 평가받던 만큼의 강호였다. 한국팀 선수들은 그 경기를 통해 제 실력을 그대로 발휘하기 시작했다.

경기 초반부터 2회에는 김재박, 4회에는 이해창이 연거푸 2점짜리 홈런을 날리며 4회까지 8대 0으로 크게 앞서나가자 어우홍 감독은 6회부터는 선발 오영일을 내리고 역시 대학생 투수들인 박동수와 박노준을 내보내 각각 1이닝씩을 나누어 이어 던지게 하는 여유를 부릴 수 있었다. 그리고 최고참인 이해창과 김재박이 쌍포를 쏘아올린 것을 신호탄 삼아 드디어 폭발한 타선은 무려 13안타를 휘몰아쳐 11점을 뽑은 덕에 7회 만에 콜드게임으로 경기를 끝내는 성과를 거둘 수 있었다. 이로써 1패 뒤 2연승. 첫 날 몰려왔던 아득한 먹구름이 조금씩 걷혀가는 순간이었다.

그 날은 경기가 끝난 뒤에도 좋은 소식이 이어졌다. 바로 같은 날, 같은 시간에 잠실에서 치러진 경기에서 일본도 이탈리아에게 3대 2로 발목을 잡히며 1패를 기록했다는 소식이 전해진 것이다. 첫 날 캐나다에게 불의의 1패를 당한 데 이어 둘째 날에는 한국에게까지 지며 2전만에 벌써 2패를 기록하게 된 미국이 일단 우승권에서 한 걸음 밀려난 상황에서, 남아있는 또 하나의 우승후보 일본 역시 약체 팀에게 1패를 안으며 한국이 첫 날 당했던 1패의 충격을 다소 무마해주었던 것이다. 이제 대회는 압도적으로 독주하는 팀이 없이, 서로 물고 물리는 혼전의 양상으로 전개되기 시작했다. 그런 상황에서라면 초반의 1패는 큰 의미를 부여하지 않아도 되는 것이었다.

이탈리아는 호주와 더불어 그 대회 참가국 중 가장 약한 객관적 전력을 보유한 팀임에는 분명했다. 하지만 그런 이탈리아가 우승후보로 꼽히던 두 팀 한국과 일본을 거푸 잡아냈다는 것은 '공도 둥글고 배트도 둥근' 야구 경기에서 서로에 대한 정보와 준비가 거의 없는 두 팀의 단판 맞대결이 얼마나 뜻밖의 결과를 낳을 수 있는지를 보여주는 좋은 사례이기도 했다. 이탈리아가 결국 그 대회에서 얻은 최종 전적은 2승 7패. 즉, 한국과 일본을 제외한 일곱 팀에게 전패를 당했다는 사실은 그 대회가 얼마나 묘하게 꼬이고 물리는 혼전이었는가를 보여주는 대목이기도 하다.

대회 나흘째인 9월 7일에 한국 팀은 경기가 없었다. 첫 날부터 혼돈의 소용돌이에 휩쓸리며 정신이 쑥 빠졌던 한국 팀 선수들에게는 몸과 마음을 모두 재정비할 수 있는 꿀맛 같은 휴식의 시간이었다. 그 날 선수들의 이목이 집중된 것은 대만과 일본의 경기였다. 우선 우승을 위해 꼭 꺾어야 할 라이벌이기도 하지만 성적 여부를 떠나 반드시 눌러야 할 숙적이기도 한 일본의 전력을 탐색하는 것이 중요했기 때문이다. 하지만 초반부터 약체 팀에 불의의 일격을 당하며 덜컹거린 한, 미, 일 세 우승후보와는 달리 이탈리아와 캐나다를 꺾고 순조롭게 2연승을 하며 단독선두에 나서 '다크호스'에서 일약 '우승후보'로 격상된 데다가 바로 다음 날 한국과 격돌해야 할 대만의 상황을 살피는 일도 그 못지않게 절실했다.

다행스럽게도 대만은 다음 날 만날 한국이 아닌 그 날 일본과의 경기에 절대적인 에이스 궈타이위엔(곽태원)을 등판시켜 전력을 다하는 전략으로 나섰다. 그리고 일본도 역시 전날 이탈리아에게 불의의 1패를 안은 데 이어 대만에게까지 밀리며 연패를 당하면 우승권에서 멀어진다는 절실함으로 맞섰다.

물론 전반적으로 객관적인 전력 면에서는 일본이 한두 수 위라는 것이 정설이었다. 타자들의 위력이나 수비조직의 완성도 모두 눈에 띌 만큼 일본 쪽의 수준이 높았다. 하지만 야구는 투수놀음이라고도 불리는 경기였고, 막강한 투수 한 명의 존재는 종종 전체적인 전력의 우열을 무의미하게 만들기도 한다. 그 대회 시작 전부터 아시아 지역에서 최동원과 더불어 가장 주목받고 있던 투수인 대만의 에이스 궈타이위엔은 듣던 대로 예리한 슬라이더를 앞세워 일본 타선을 요리해나갔고, 팽팽한 경기이긴 했지만 대만은 8회까지 2대 1의 리드를 지켜나갈 수 있었다. 대만이 오랜만에 대어를 낚기 직전이었다. 그대로 일본이 우승 경쟁에서 떨어져나가고 대만이 새로운 라이벌로 떠오르는 듯 했다.

하지만 대만은 한국과 달리 마지막 고비를 넘기지 못하고 자멸하고 말았다. 8회 말 일본의 선두타자로 나선 1번 고바야시에게 중견수 키를 넘어가는 큼지막한 2루타를 얻어맞은 데 이어 2번 하야시의 보내기 번트를 잡은 대만 포수 첸지쳉(증지정)이 1루로 악송구를 하는 바람에 동점을 허용했고, 계속된 2사 2루의 찬스에서 5번 다케치가 띄운 평범한 타구를 교체되어 들어간 대만의 중견수 양체젠(양개인)이 제대로 잡지 못하고 떨어뜨리는 결정적인 실책을 범해 결국 역전을 당하고 말았던 것이다. 결국 3대 2로 일본의 극적인 역전승. 다된 밥에 코를 빠트린 대만과 벼랑 끝에서 풀뿌리를 잡고 기어 올라온 일본. 이로써 한국, 일본, 대만이 모두 나란히 2승 1패 동률을 이루며 우승경쟁을 벌이게 됐다.

다음 날 벌어진 대만과의 경기에 등장한 한국 팀의 선발투수는 또다시 선동열이었다. 당초에 대만을 상대할 때는 임호균이나 박동수 같은 기교파 투수를 내세운다는 것이 어 감독의 복안이었다. 하지만 전날 일본과의 혈전으로 기진맥진한 대만의 타자들이 상대라면 힘으로 짓누르는 방식이 더 어울릴 거라고 판단한 어우홍 감독은 전날 밤에 카드를 바꿔 쥐었다. 사실 전날 경기에서 기교라면 빠지지 않는 일본의 투수들을 질리게 상대했던 대만 타자들에게 또다시 기교를 주무기로 하는 임호균이나 박동수는 오히려 친절한 메뉴가 될 수도 있었다. 물론 그보다 더 중요한 요인은 선동열이 지난 미국전을 통해 완전히 자신감을 얻으면서 안팎으로 필승카드의 면모를 보이고 있었다는 점이었다. 기세를 탄 젊은 투수에게는 달릴 기회를 주는 것도 좋은 투수관리법이었다.

그 날 심재원은 미국을 상대할 때와는 달리 직구의 비율을 높여 주문했고, 커브 대신 슬라이더를 곁들여 요리했다. 물론 선동열은 고개 한 번 흔들지 않고 심재원의 미트에 공을 하나하나 꽂아 넣었고, 미국전 후반에 보여줬던 압도적인 모습을 그대로 이어나갔다. 미국 타자들보다 힘과 기술 모든 면에서 한 수 아래인, 게다가 전 날 혈전 끝에 역전패를 당하며 몸과 마음이 모두 지쳐있던 대만의 타자들을 상대하는 일은 선동열에게 별로 어려울 것이 없었다. 경기는 특별한 고비마저 없이 순탄하게 흘러갔다. 9회까지 혼자 던지며 단 5안타, 무실점. 그 사이 타선은 9번 타자로 출전한 3루수 한대화가 모처럼 홈런과 3루타를 때려내며 활약한 데 힘입어 차곡차곡 여섯 점을 뽑아냈다. 결국 6대 0의 완승. 그 날의 승리를 통해 한국 팀 선수들은 첫날 이탈리아에게 당한 패배의 충격을 완전히 털어낼 수 있었다. 그리고 자욱한 안개 너머에 있는 듯 했던 우승이라는 목표는 한층 현실감 있게 눈 앞으로 다가섰다.

15

"저거 뭐야? 관중석에 웬 사람들이 시커먼 권총 같은 걸 들고 와서 경기장 쪽으로 들이대고 있는 거?"

"아이고, 무식한 놈아. 저게 스피드건 아니냐, 스피드건. 피챠들 뽈 빠르기 재는 기계말이다."

야구선수들 중에서도 스피드건이라는 장비를 직접 본 사람은 드물었다. 그래서 빠른 공이라면 그저 '강속구'라거나 '불 같은 공'이라거나, 혹은 '포수 손바닥에 피멍을 들이는 공'이라는 식으로나 표현되던 시절이었다. 그러다가 1975년에 미국에서 고속도로 과속차량 단속의 법적인 근거를 만들기 위해 개발하고 양산하기 시작한 것이 야구장에서도 쓰인다는 소문이 전해지기도 했고, 한국에는 동아방송

(TBC)이 도입해 1979년 7월 27일 동대문야구장에서 열린 연고전을 중계방송하면서 처음으로 측정치를 공개한 적이 있었다. 그 당시 연세대 투수 최동원이 시속 140킬로미터를 기록하면서 시속 140킬로미터를 '강속구의 표준'으로 만든 적이 있었다. 하지만 여전히 그런 '고가의 첨단 방송장비'를 선수들이 구경할 일은 많지 않았다. 그러던 시절 잠실야구장 본부석 맨 앞쪽에 일렬로 늘어서다시피 진을 친 채 스피드건과 비디오카메라를 들이대고 있는 이들의 모습은 야구선수들에게도 낯설고 신기한 풍경이었다.

일본 프로야구 요미우리 자이언츠, 주니치 드래건스, 다이요 훼일스, 야쿠르트 스왈로스는 스카우트 팀을 파견해 대대적인 자료 수집에 나서고 있었고, 그 외의 구단들도 요원을 파견해 여러 각도로 대회에 출전한 선수들의 동향을 파악하고 있었다. 스카우트 팀이 주로 출몰하는 것은 일본, 그리고 대만의 경기가 벌어지는 야구장이었다. 대학생과 사회인들로 구성되어있는 일본 국가대표팀이 일본 프로구단들의 주요 타깃이 된 것은 당연한 일이었고, 대만 팀에서도 투수 궈타이위엔(곽태원)을 비롯한 몇몇 선수들이 스카우트 물망에 올라 있었기 때문이다.

물론 한국 팀에도 일본 프로구단들이 관심을 가질 만한 선수들이 없는 것은 아니었다. 몇 해 전 일본 롯데 오리온즈의 가네다 감독[9]이 '양자로 삼아서라도 일본으로 데려가겠다'고 했다는 최동원이 있었고, 곧 군 문제마저 해결되는 장효조와 김시진도 가능성 있는 자원으로 꼽히고 있었다. 하지만 한국의 경우 막 프로야구가 출범한데다가 아직 일본과는 '프로선수교류협약'이 맺어져 있지 않았기 때문에 선수들에게 대놓고 스피드건을 들이대다가는 '선수 도둑질'이라는 비난을 받을 수도 있다는 우려가 있었다.

일본과 대만의 경기 영상을 뜯어보던 한국 팀 선수들의 눈에 그곳에 몰려든 스카우트 팀들의 정보 수집 경쟁이 들어왔다. 베테랑들은 가끔 해외 원정 때 구경하고 겪던 일이었지만, 대부분의 신참들에게는 그것 역시 처음 경험하는 일들이었다. 그리고 새삼 가슴 설레게 하는 일이었다.

'혹시 나에게도 해외 진출의 기회가 온다면…'

---

9) 일본 프로야구에서 역대 최다승 기록인 통산 400승을 올린 전설적인 투수이며, 일본야구의 '천황'이라고까지 불린다. 한국계로서 귀화 전의 한국 이름은 김경홍이다. 20년간의 선수생활을 마친 뒤 1973년부터 1978년까지 롯데 오리온즈(오늘날의 마린스)의 감독을 맡았고, 1990년에는 다시 팀명이 바뀐 지바 롯데 마린스에서 2년간 감독직을 맡기도 했다.

물론 한국에서도 프로야구가 출범했고, 예상했던 것보다 훨씬 큰 돈이 선수들에게 주어지고 있었다. 하지만 그렇다고 해도 미국이나 일본의 프로구단에서 선수들이 받는 돈과 비교할 수는 없었다. 이미 최동원이 토론토 블루제이스로부터 계약금으로 제시받았던 것이 60만 불 가량이었고, 훗날 대만의 투수 궈타이위엔(곽태원)이 일본 세이부 라이온즈에 입단하며 받은 계약금이 8천만 엔쯤 됐다. 당시 환율로 적게는 3억 원에서 5억 원에까지 이르는 돈이었고, 그대로 한국 프로구단에서 받을 수 있는 돈의 열 배 수준이라고 보면 틀림이 없었다. 물론 돈의 문제를 떠나 더 크고 빛나는 무대에서 이름을 한 번 떨쳐볼 기회라면, 선수로서 거부할 이유가 하나도 없었다.

미국과 대만을 잇달아 꺾으며 상승세를 타던 한국 팀이 다시 한 번의 고비를 만난 것은 하루 건너 10일 밤에 열린 파나마와의 경기에서였다. 두 번에 걸쳐 대어를 낚은 포만감 때문인지, 경직되어 있던 몸과 마음이 지나친 페이스로 풀어지고 있었던 것인지, 그 날 경기에서 선수들은 어딘가 모르게 나사가 풀린 듯한 모습을 보이며 질척거렸다.

그 때까지도 제 컨디션을 찾지 못하고 있던 에이스 최동원이 그 날 드디어 그 대회 들어 처음 선발투수로 등판했다. 그래선지 일본 프로야구의 스카우트 팀들이 총출동을 하고 있었고, 최동원과의 계약관계 내막이 여전히 베일에 가려져 있던 토론토 블루제이스를 비롯한 몇몇 미국 메이저리그 구단의 스카우트 팀들도 스피드건을 들이대고 있었다.

　최동원의 컨디션은 그 날도 좋아 보이지는 않았다. 늘 역동적이던 투구 폼도 어딘가 무뎌 보였고, 중심이 채 앞으로 완전히 넘어오기도 전에 공을 밀어 던지는 듯한 느낌이 역력했다. 1회 말, 등판하자마자 상대 선두타자 포사티에게 깨끗한 중전안타를 맞은 뒤 최동원은 고개를 한 번 '우두둑' 꺾고는 심호흡을 했다. 천하의 최동원이었지만, 더 밀려나서는 안 된다는 절박감을 느낄 수밖에 없는 지점이었다. 게다가 결국 가고 말고를 떠나서, 아버지와 한바탕 입씨름을 벌였던 토론토 블루제이스 스카우트 팀에게 약한 모습을 보이고 싶지 않았다. 끝내 털어지더라도 군침 질질 흘리며 돌아서게 만들고 싶었다.

　심재원은 그렇게 자존심에 한 번 상처를 입으면 헐크처럼 변신해 완전히 다른 공을 던지는 최동원을 잘 알고 있었다. 별다른 사인도 없었고, 위로나 격려의 말도 없었다. 그저 미트를 들이댔고, 공을 기다렸다. 그러자 드디어 조금은 최동원답다고 할 만한 직구가 들어오기 시작했다.

거구의 타자들이 휘두르는 알루미늄 배트의 반발력마저 무시하듯 밀쳐내며 우겨 들어오는 공. '탁'하는 둔탁한 소리와 함께 밀려난 공 두 개가 2루수 앞으로 힘 없이 흘렀고, 파나마의 2번 타자와 3번 타자가 더그아웃으로 돌아 들어갔다. 너무 느린 타구였기에 1루 주자는 차례로 3루까지 달려갔지만, 큰 문제는 없어 보였다. 그리고 4번 타자 뮤노스마저 거의 같은 코스의 땅볼을 유도하며 첫 이닝을 기분 좋게 마무리하려는 순간이었다. 이번에는 조금 더 1루 쪽으로 치우친 공을 1루수 김진우가 달려 나와서 잡았다. 하지만 본능적으로 1루로 달려가 베이스를 커버하며 미리 자리를 잡고 있던 투수 최동원에게 김진우가 던진 공은 어이없이 높이 날았고, 펄쩍 뛰어오른 최동원의 머리 위를 훌쩍 넘어가서 1루 쪽 더그아웃을 향해 굴렀다. 3루 주자가 여유 있게 홈을 밟으며 먼저 1실점. 최동원도 맥이 풀렸고, 모든 야수들이 몸에서도 뭔가 기합이 빠지는 느낌이 번져갔다.

물론 그 실책 하나로 무너질 만큼 최동원과 야수들의 정신력이 나약한 것은 아니었다. 하지만 피로와 긴장이 극에 달한 가운데 '그래도 한 번 더 집중하자'고 다짐하고 나서는 순간에 정확히 발목을 거는 기분 나쁜 실책이었고 실점이었다.

다행스러운 것은 파나마 역시 무슨 까닭에선지 경직되어 있었고 덤벙대고 있었다는 점이었다. 한국은 3회 초 반격에서 선두타자 김정수가 안타를 치고 나갔을 때 보내기 번트로 2루까지 밀어 올리자 지나치게 긴장한 상대 투수가 폭투를 범했고, 내야 땅볼 하나로 간단히 동점을 이룰 수 있었다. 그리고 곧 이어 4회 초에는 상대 투수가 볼 넷을 연속으로 세 개나 허용하며 만루위기를 자초하자 찬스에 강한 타자 심재원이 적시타를 날려 두 점을 불러들이며 역전에 성공했다.

최동원이 거의 매 이닝 안타를 맞으면서도 후속타자들을 잡아내며 더 이상의 실점 없이 경기를 끌어갔던 것과 달리 비힐과 베가, 코르도바로 이어 던진 파나마의 마운드는 거의 안타를 허용하지 않으면서도 매 이닝 볼넷을 남발하며 지레 무너졌다.

하지만 8회 말에 도달했을 때, 없는 힘을 끌어내 자존심을 지키던 최동원이 역부족의 정황을 드러냈다. 1사 1,2루에서 또다시 만난 4번 타자 뮤노스를 상대로 먼저 스트라이크 두 개를 잡아내고도 결정구를 던지지 못해 끌려가다가 볼넷으로 내보내 만루 위기를 자초했고, 결국 후속 5번 타자 살라민에게 깔끔한 중견수 희생플라이를 허용해 두 번째 점수를 내주었던 것이다.

물론 두 번의 실점 모두 내야수의 실책으로부터 시작된 것이었고, 자책점으로 기록되지는 않았다. 그 대회 들어 4경기에서 단 한 개의 실책도 범하지 않았던 견고한 수비진은 단숨에 세 개의 실책을 쌓아 올리며 최동원의 어깨를 더욱 무겁게 했고, 타선도 단 4안타로 힘을 실어주지 못했다. 다행이 볼넷을 9개나 베풀어준 파나마 투수들 덕에 점수는 앞서갔지만, 전혀 만족스러울 수 없는 경기였다.

어우홍 감독은 9회에 최동원 대신 임호균을 투입했고, 임호균은 세 타자를 차례로 잡아내며 서로 마음고생 심했던 경기를 그나마 깔끔하게 마무리했다. 4대 2의 승리. 하지만 지난 네 번의 경기에서 단 한 개에 불과했던 보내기 번트를 세 번이나 시도하고도 매끄럽게 득점으로 연결시키지 못한 타선의 삐걱거림, 그리고 무려 8안타를 허용한 데다가 마지막 순간에 전혀 '최동원스럽지 못한' 모습까지 노출한 최동원 자체가 어우홍 감독에게는 큰 타격이고 걱정이었다.

최동원의 수심은 깊어졌지만, 그 경기를 통해 또 한 번 예방주사를 맞은 한국팀은 다시 상승세를 이어갔다. 11일에 열린 캐나다와의 경기는 박동수, 김시진, 선동열이 이어 던지며 5대 1로 승리했고, 또 이튿날인 12일에 만난 도미니카 역시 박동수와 임호균이 이어 넌시며 한 점도 내주지 않은 수훈 덕분에 3대 0으로 승리했다. 말 그대로 파죽지세였고, 지고 있어도 질 것 같지 않은 날들의 연속이었다.

이로써 한국 팀은 1패 뒤 6연승을 달리며 어느새 일본과 나란히 공동 선두로 나서게 됐다. 이제 남은 이틀의 대회기간 동안 대결해야 할 상대는 자타공인의 최약체팀 호주, 그리고 가장 강하지만 반드시 이겨야 할 숙적 일본뿐이게 되었다.

16

"우승하면, 훈장 하나씩 나오겠지?"

"당연하지. 전에 니카라과 슈퍼월드컵에서 우승했을 때도 야구협회장이 맹호장을 받았고, 선수들도 백마장 하나씩 다 받았었다고. 그때 아마 재박이 형이랑 동원이 형은 특별히 따로 거상장 받았던가 그럴걸? 그거 다 달고 카퍼레이드도 하지 않았던가? 그런데 세계선수권대회가 슈퍼월드컵보다 격이 하나 높으니까, 우승하면 당연히 훈장 나오지."

"그거 하나 받으면 나중에 뭐 구멍가게를 해도 잘 된다며. 경찰이랑 관공서랑 다 잘 봐주고 그런다던데…."

"그렇겠지. 나라에 큰 공을 세웠다고 주는 건데, 나라 기관들이 무시할 수야 있겠나?"

호주전을 앞두고 선수단 분위기는 조금 위험하지 않을까 싶을 만큼 들떠 있었다. 대회 첫 날 이탈리아에게 패한 후에 드리워졌던 그 림자는 흔적도 찾을 수가 없었다. 두 경기를 남겨두었지만 실제로 선수들이 의식하는 것은 일본과의 결전 단 한 판이었다. 하지만 홈그 라운드에서 벌어지는 한일전은 부담감보다는 자신감과 승부욕을 더 크게 자극하는 이벤트였다. 특히 젊은 선수들일수록 자신감은 넘치고 있었고, 그 중에는 이미 우승을 확정지어 놓기라도 한 듯 그 이후의 찬란한 삶을 떠올리며 가슴 설레는 이들도 제법 있을 정도였다.

하지만 그런 분위기 속에서 더 말수가 줄고 표정이 굳어가는 이가 있었다. 그 대회 들어 이름값을 전혀 해내지 못하고 있던 에이스 최동원이었다. 호주전을 앞두고 어우홍 감독은 최동원을 감독실로 따로 불렀다.

"컨디션은 어떠냐?"

"별로 안 좋았었는데, 이제 다 올라왔십니다. 좋십니다."

물론 본인의 말에만 의존해서 선수들의 컨디션을 파악하는 것은 아니었다.

188

"그래. 다행이다. 그런데 스피드가 아직도 잘 안 올라온다고 그러던데."

"그거는… 제가 첨부터 마지막 날 일본 께임에 맞춰서 컨디션을 조절해서 그렇십니다. 파나마 께임 때도 일부러 스피드 죽이고 컨트롤로 잡다가 핀치 되면 하나씩 던지고 그랬십니다. 안타 꽤 많이 맞았는데도 점수는 별로 안 주는 거 보시지 않았십니까. 일본 때는 백프로로 던질 수 있십니다. 감독님, 걱정 마십시오."

최동원은 거짓말을 자주 하는 사람이었다. 그의 몸에 대한 걱정스런 물음을 마주할 때마다 한 번도 곧이곧대로 털어놓은 적이 없었다. 어떤 무리를 감행하더라도 그의 몸은 늘 아무 이상이 없는 것이었고, 혹시 뒤탈이 아닐까 싶은 부진에 빠지더라도 모두 그저 엉뚱한 공상에 잠을 못 이룬 탓이거나 잘못 먹은 보약 때문에 설사를 한 탓 정도의 문제 이상으로 넘어가지 않았다.

물론 그런 말들이 모두 완전히 거짓말이라고만은 할 수 없는 것이기도 했다. 그에게 연투의 피로라든가 어깨나 팔꿈치의 부상이라든가 하는 것들이 중요한 문제였던 적은 없었다. 그는 자신이 의지를 가지고 집중하기만 하면, 몸 상태가 어떻든 간에 이겨낼 수 있다고 진심으로 믿는 사람이었기 때문이다. 그런 그가, 투수가 된 이래 가장 많은 이들의 눈앞에서 가장 열광적인 응원을 받으며 싸울 수 있는 무대에, 이유가 무엇이든 빠질 수는 없다는 것이 최동원의 자존심이었다. 그리고 그 자존심을 지키기 위해 좀처럼 떨어지지 않는 묵직한 어깨의 통증 따위는 조금의 고려사항도 될 수 없었다. 그리고 실제로 그렇게 때로 실망스러운 모습을 보이더라도 그와 함께 야구를 했던 감독들은 결정적인 순간 어김없이 최동원을 불러 올렸다. 늘 완벽한 모습만 보이는 것은 아니었지만, 반드시 이겨야 하는 경기임에 분명하다면 한 번도 기대를 배신한 적이 없는 것이 최동원이었다.

하지만 어우홍 감독의 생각은 달랐다. 대표팀이 소집된 직후부터 그가 가장 신경을 곤두세우고 체크해온 것이 최동원의 몸 상태였고, 그 나름대로 심상치 않은 문제가 있음을 간파하고 있었기 때문이다. 그는 더 이상 그 대회에서 최동원에게 무거운 짐을 맡기지 않기로 마음을 정리하고 있었다.

"동원아. 요번 대회는 좀 요상하다. 우리나 일본이나 택도 없는 이탈리아한테 한 게임씩 뺏기질 않나… 미국은 아예 캐나다한테까지 깨지면서 골골대지 않나… 뭔 마가 꼈는지, 온통 뒤죽박죽이 돼

버렸다."

"예, 감독님. 쫌 그런 거 같십니다."

최동원은 어우홍 감독이 무슨 말을 하기 위해 꺼낸 말머리인지 가늠하지 못한 채 되는대로 맞장구를 쳤다.

"우리도 이젠 좀 정비가 됐지만 초반에 좀 고생을 했고… 일본도 대만한테도 거진 질 뻔 하기도 했고, 어쨌든 팀이 정상적인 상태는 아닐 거라고 보고 있다."

"예."

"그래서 나는 요번에 일본하고 할 때는 좀 다르게 가볼려고 그런다. 지금까지는 국제대회 때마다 너나 선희가 제일 중요한 게임을 혼자 맡아주고 그랬는데, 요번에는 여하간에 투수들을 있는 대로 다 털어 넣어서 한 번 께임을 만들어볼까 싶다. 시진이랑 영일이랑 동열이랑 한 2,3이닝씩 나눠 맡기다가… 왼손잡이 나오면 노준이도 한 번 넣었다 빼고, 또 주자들 몰리면 호균이도 한 번 넣었다 빼고, 그런 식으로 잡아볼까 싶다."

"…"

최동원은 당황스러웠다. 일본과의 경기에 사신을 쓰지 않겠다는 말로 들렸기 때문이다. 자신이 완투를 해도 시원치 않을 경기에 투입할 투수들 중에 자신의 이름이 거명조차 되지 않고 있었다.

"그래서 말인데, 동원이 니가 호주를 잡아줬으면 좋겠다."

동원은 자기도 모르게, 하지만 얕게 한숨을 쉬었다. 그리고 안경을 한 번 치켜올리며 무겁게 입을 열었다.

"저… 감독님. 딴 대회 때도, 제가 원래… 약팀에는 쫌씩 맞았십니다. 하지만… 제일 쎈 상대는 제가 또 잡았십니다. 감독님… 할 수 있십니다. 물론 걱정되시겠지마는… 그래 안 하셔도 됩니다."

어우홍 감독은 잠시 뜸을 들였다. 눈 앞에 앉은 까까머리 청년은 새까만 후배였고 제자였지만, 야구인으로서 귀하게 여겨야 할 대투수다, 라고 생각하고 있었다. 그래서 더더욱 그의 신념과 고집에 모든 결정을 미루어서는 안 될 일이라고 생각하고 있었다. 지금 지켜주면, 나중에 더 크게 쓸 일이 있을 재목이었기 때문이다.

"동원아. 일본 시합 때 니가 필요 없다는 얘기가 아니다. 필요하다. 하지만 딴 애들이 일본전에 다 최상의 상태로 대기하도록 하려면 니 도움이 필요하다는 얘기다. 일단 호주 시합에 니가 선발로 나가서 승패가 결정될 때까지만 던져라. 2회든 3회든, 타자들이 대량득점 해서 승패 결정이 나면, 전에 네덜란드 시합 때처럼 노준이랑 동수랑 넣어서 마무리할 테니까 말이야. 그러면 너는 나와서 쉬었다가, 다음 날 일본한테 좀 힘들 때 다시 들어가서 중심 좀 잡아달란 말이야."

어 감독의 이야기를 들으면서 최동원은 조금 누그러졌다. 하지만 역시 일본전 선발투수가 자신이 아니라는 점이 아프게 느껴졌다.

"예. 알겠십니다…. 감독님."

에이스 최동원이 별로 힘을 보태지 못하고 있었음에도 불구하고 선동열이 가장 중요한 두 경기를 완투해준 덕분에 투수진은 비교적 여유를 가질 수 있었다. 주력급 투수들 중에서는 김시진의 어깨가 넉넉히 비축되어 있었고, 임호균 역시 호주와의 경기에 내보내지 않고 쉬게 하면 일본전에서 얼마든지 활용할 수가 있었다. 그 외에 준척급 투수들 중에서도 오영일과 박동수가 여유가 있었고, 일본의 왼손 타자들을 상대로 짧지만 요긴하게 쓸 수 있을 팀 내 유일한 왼손 투수 박노준은 네덜란드전 이후 출장기회를 한 번도 잡지 못하고 있을 정도였다.

어우홍 감독은 호주전 선발투수로 최동원을 낙점했다. 그는 여전히 제 실력을 발휘할 수는 없는 조건이었지만, 썩어도 준치였다. 한 점 승부를 준비해야 할 일본전에 투입하기에는 불안요소가 컸지만, 호주 정도는 혼자서도 감당해줄 수 있으리라는 것이 어 감독의 판단이었다. 물론 최동원에게 직접 했던 이야기처럼, 조기에 승패가 갈린다면 다시 아꼈다가 일본전에서도 상황에 따라 한두 이닝을 맡길 수도 있는 일이긴 했다.

어쨌든 9월 13일, 호주와의 경기에 나서는 그 순간에도 선수들이 머릿속에 그리는 것은 호주 선수들이 아닌 일본 선수들이었다. 최대한 짧게, 콜드게임으로 마무리한 뒤 충분한 휴식을 취하며 준비해서 다음 날 일본과의 경기에 모든 것을 쏟아 넣겠다는 것이 모든 이들의 각오였고, 계획이었다.

물론, 그런 지나칠 것 없어 보이는 느슨함마저 용납하지 못하는 것이 승리의 신이기에, 스포츠는 드라마가 되는 것이지만 말이다.

최동원은 1970년대 후반 한국야구의 상징적인 존재였다. 경남고 2 학년이던 1975년 우수고교초청대회에서 당대 최강팀 경북고와 선린 상고를 상대로 17이닝 연속 노히트노런 행진을 벌이며 이름을 알리기 시작했고, 3학년이 된 이듬해에는 청룡기 대회에서 김용남과 김성한이 이끌던 또 하나의 강팀 군산상고를 상대로 삼진을 20개나 뽑아내는 기록을 세우며 또 한 번 유명세를 탔다. 그 이후 연세대로 진학해 1학년 때부터 에이스로서 팀을 이끌며 대학무대 23연승을 질주하기도 했고, 역시 1학년 때부터 국가대표 마운드에서도 중심적인 활약을 하며 각 내회에서 꼭 잡아야만 할 최상의 난적들을 전담하는 필승카드로서 확실히 자리매김을 하고 있었다. 특히 1981년에는 동기생인 김시진이 버티던 경리단과 만난 실업야구 코리언시리즈에서 6경기에 모두 나와 혼자 4승을 거두며 소속팀 롯데의 우승을 이끌었고, 그 공로로 신인왕과 MVP를 독차지하는 신화를 남기기도 했다. 그런 명성이 태평양 건너편에까지 알려져 메이저리그의 토론토 블루제이스와 입단 계약을 맺기까지 했었는데, 결국 계약금을 받기 전에 파기를 선언하는 바람에 첫 번째 한국인 메이저리거의 탄생이 무산되기는 했지만 그 소동 탓에 세계선수권대회 출전자격을 놓고 국제적인 논쟁의 주인공이 되기도 했던 것이 바로 최동원이었다.

하지만 그런 전설적인 활약들은 동시에 그만큼의 무리와 맞바꾸어진 것일 수밖에 없었고, 결정적으로는 바로 1981년, 한 해 내내 거의 팀의 모든 경기를 책임지다시피 했던 실업야구무대에서의 과로가 그의 1982년을 통째로 날려버리게 만들고 있었다. 그는 소속팀 롯데가 그대로 프로팀으로 전환되자 아마추어 자격을 유지하기 위해 임시로 실업팀 한국전력으로 소속팀을 바꾼 채 국가대표팀에서 훈련을 하고 있었지만, 실질적으로는 훈련보다는 휴식을 취하며 어깨의 회복을 기다리고 있을 따름이었다. 그리고 당연하게도 딱 결정적인 대회, 결정적인 경기 직전까지 휴식의 효과가 나타날 리는 없는 것이었고, 그 대회 내내 최동원은 이름값에 미치지 못하는 활약으로 괴로워하고 있었다. 우리나라 대학팀 정도의 전력으로 평가되던 호주와의 경기는 아쉬우나마 그런 최동원이 '나도 한몫 거들었다'는 평가를 들을 수 있는 좋은 기회였다.

출발은 순탄했다. 2회에는 유두열이, 3회에는 이해창이 홈런 한 방씩을 날리며 일찌감치 먼저 3점을 선취하며 앞서 나갔던 것이다. 하지만 5회 초, 아무도 예상하지 못한 방식으로 사태가 전개되기 시작했다.

1회 초에 마운드에 오르는 순간부터 최동원은 '최대한 빨리 승부를 결정짓고 내려가기'만을 고대하고 있었다. 그는 어떻게든 일본전에 직접 나서고 싶었고, 그러자면 조금이라도 빨리, 조금이라도 적은 공을 던지며 명예롭게 마운드를 내려가야 했다. 그러려면 1회 말부터 팀 타선이 폭발해 승리를 확정해야 했고, 또 기왕이면 콜드게임이 확실해질 지경으로 두들겨 패야만 했다. 그래서 그는 어우홍 감독에게 장담했던 대로 100%의 위력을 담아 공을 던졌고, 세 개 혹은 네 개의 공으로 타자 한 명씩을 낚는 빠른 템포를 이어갔다.

하지만 3회까지 얻은 3점 이후로 타선은 다시 잠잠해졌고, 이미 5이닝째 마운드에 오르는 순간 최동원은 내일의 경기에 등판할 가능성은 사라졌음을 받아들여야 한다는 생각을 곱씹을 수밖에 없었다. 그리고 안타, 볼넷, 볼넷, 몸에 맞는 공, 다시 안타.

최동원은 자신의 투구밸런스가 심상치 않게 흔들리는 것을 느끼며 고개를 흔들고 이를 악물었다. 하지만 자기 자신에 대한 믿음을 힘의 원천으로 삼던 사나이의 가슴 깊숙한 곳에 스스로에 대한 의심이 피어나고 있었고, 그 순간 최동원은 머리털 잘린 삼손과 다를 것이 없었다.

그리고 다시 안타. 아웃카운트를 한 개도 잡지 못한 채 5실점. 그렇게 누구도 예상하지 못한 순간 가장 믿었던 최동원이 가장 허무하게 무너져 내리자 사태는 걷잡을 수 없이 꼬이기 시작했다.

어우홍 감독은 결국 최동원을 내리고 오영일을 투입해 급한 불을 꺼야 했다. 그리고 이어진 6회부터는 오영일마저 내리고 다음 경기를 위해 아끼던 김시진을 투입하는 초강수를 택했다. 당장 호주에게 진다면 일본과의 경기 결과와 상관없이 우승을 포기해야만 했기 때문이다. 하지만 역시 예상하지 못한 순간에 몸도 풀지 못한 채 출격 명령을 받은 김시진도 당황스럽기는 마찬가지였다. 김시진도 그 날의 경기는 최동원의 몫으로 미루어둔 채 다음 날 경기에 대한 구상에만 열중하고 있었던 것이다.

결국 타선이 간신히 두 점을 추가해 동점을 만들어놓는 사이 믿었던 김시진이 또 한 점을 내주며 맥을 빼놓았고, 9회 말 장효조의 적시타로 극적인 동점을 만들어 패배 일보 직전의 위기에서 벗어나기는 했지만 이미 경기시간 3시간 30분을 경과하며 그 대회의 시간제한규정에 걸리게 됨으로써 서스펜디드게임이 선언되고 말았다. 그 날 마치지 못한 경기의 연장전을 일본과의 경기가 예정된 이튿날 오전부터 다시 시작해야 하게 된 것이었다. 물론 패배의 악몽은 간신히 한 번 미루어둘 수 있었지만, 그냥 깔끔하게 한 판 내준 것보다 과연 나은 상황일까 싶을 만큼 불쾌한 뒷맛이 남는 결과였다. 일본과의 경기에 전력을 쏟아야 할 선수들이 경기 당일 오전부터 전날 채 마치지 못한 경기를 치르는, 말하자면 '더블헤더'의 무리를 감행해야만 하게 됐기 때문이다. 그리고 전날 던지던 김시진을 이틀 연속 던지게 할 수도 없는데다가, 그렇다고 한 점만 나면 그대로 승패가 갈리게 된 연장 승부에 느슨하게 임할 수도 없는 터라 어쩔 수 없이 필승카드 한 장을 더 소모할 수밖에 없게끔 되어버렸기 때문이다.

최동원과 김시진, 그리고 오영일까지 순식간에 소진해버린 상황에서 호주와의 남은 연장전을 위해 선택할 수 있는 카드는 임호균과 선동열 두 장뿐이었다. 그리고 고심 끝에 그 중에서 어우홍 감독이 선택한 것은 임호균이었다. 누군가는 최동원, 김시진, 오영일 등 동료 투수들 누구의 도움도 받지 못한 채 일본과 홀로 맞서 싸워야 했고, 그렇다면 미국과 대만을 상대로 각각 완투승을 거둔 선동열 쪽에 도박을 거는 것이 조금이라도 더 확률이 높을 것이었기 때문이다.

일본과의 대결을 앞두고 충분히 몸을 쉬며 정신을 가다듬어야 했을 대회 마지막 날, 9월 14일, 오전 10시 30분부터 성가신 상대인 호주와의 경기는 다시 이어졌다. 10회부터 마운드에 오른 임호균은 장기인 예리한 제구력을 뽐내며 호주 타자들을 차분히 요리해나갔고, 드디어 12회 말에 한국팀이 기회를 잡았다. 유두열이 안타를 치고 나간 데 이어 볼 넷, 그리고 보내기 번트에 실책이 겹치면서 1사 만루의 끝내기 찬스였다. 그리고 그 순간 어우홍 감독이 건 승부수는 스퀴즈였다.

단 한 점이면 경기를 끝낼 수 있는 기회. 1분이라도 빨리 경기를 끝내고 1분이라도 더 쉬고 정신을 집중하면서 일본과의 경기를 준비해야 하는 상황. 하지만 반드시 안타를 쳐줄 것으로 기대하기는 어려웠던 9번 타자의 타석. 어느 모로 보나 충분히 스퀴즈를 선택할 수 있는 상황이었다. 하지만 그런 절대적인 기회와 위기가 엇갈리는 상황에서도 몸이 더 가벼운 것은 기회를 잡은 쪽이 아니라 위기에 몰린 쪽이었다. 물론 이기고 싶은 마음에 덜 할 것은 없었다고 해도 호주의 입장에서는 이미 여러 차례 기록한 패전에 1패를 더하는 것이 큰 문제도 아니었던 데다가, 객관적인 전력 평가에서 감히 나란히 견주기도 민망할 강팀이었던 우승후보이자 개최국팀을 상대로 연장 12회까지 버틴 스스로에 대해 대견한 마음마저 가지고 있었던 것이다. 하지만 한국 선수들의 마음가짐은 사뭇 달랐다. 오지 말았어야 할 대목까지 끌려왔다는 당혹감과 이제라도 한시 바삐 그 난감하고 불쾌한 상황을 끝내야만 한다는 압박감, 특히 끝내기의 기회를 잡은 데다가 스퀴즈라는 절체절명의 작전명령까지 하달받은 스물세 살의 대학생 한대화의 몸은 그의 생각보다도 훨씬 딱딱하게 경직되어 있었다.

사인을 받은 뒤 타석에 선 한대화는 공격팀과 수비팀의 선수들 모두, 아니 세상 모든 사람들의 시선이 자신의 몸에 집중되는 것을 느꼈다. 더구나 스퀴즈라는 임무는 태양 빛을 모아 먹지를 태우던 돋보기의 볼록렌즈처럼 그 많은 시선을 모아 자신의 몸을 태워버릴 것만 같았다. 그는 심한 갈증을 느끼며 마른 침을 삼켰다.

초구. 공이 던져지는 순간 늘려 잡았던 배트를 짧게 고쳐 쥐며 번트를 댔다. 하지만 어느 만큼 스퀴즈의 가능성을 내다보며 던진 듯 생각보다 낮은 코스에서 더 낮게 떨어진 공은 배트의 밑둥을 맞고 곧바로 땅으로 처박히고 말았다. 포수가 그대로 한 걸음 나오며 공을 집어든 채 한쪽 발로 홈 플레이트를 밟고 다시 1루로 공을 던져 순식간에 3루 주자와 타자 주자를 잡아낸 병살. 어우홍 감독은 눈을 질끈 감았고 한대화는 머리를 두 손으로 감싸 쥐었다. 믿을 수 없는, 거짓 말 같은 최악의 시나리오였다. 그리고 결국 그렇게 한국팀 선수들은 도살장으로 끌려가는 소처럼 생각하고 싶지 않았던 연장 13회로 끌려가고 말았다.

기회 뒤에 위기가, 위기 뒤에 기회가 온다는 말은 사실이었다. 12회 말의 결정적인 찬스를 무산시키자 13회 초에 곧장 위기가 찾아왔다.

13회 초에 또다시 마운드에 오른 임호균은 스스로 키가 한 10센티미터쯤 작아진 것 같은 기분을 느꼈다. 한대화가 타석에 섰을 때, 누구보다도 간절하게 마음속으로 '끝내기'를 외쳤던 것이 바로 그였기 때문인지도 몰랐다. 힘이라면 몰라도 내야 수비조직만큼은 두려워해야 할 만큼 세련되지 못했던 호주였기에, 그 정도의 기회에서 병살이 나올 거라고는 미처 생각도 하지 못했던 그였다. 그래서 무의식중에나마 '오늘의 투구는 이것으로 끝'이라고 생각했었는지, 13회 초의 마운드에서 그는 유난히 몸이 무거웠다.

제1구. 호주의 선두 7번 타자에게 던지는 첫 번째 공이 손끝을 빠져나가는 순간 임호균은 '아차'하고 아랫입술을 깨물었다. 자기도 모르는 사이에 무기력증은 온몸으로 퍼져나가 있었고, 힘이 풀려버린 손아귀는 공을 제대로 찍어 누르지 못한 채 밀어내고 말았던 것이다.

'깡'

경쾌한 금속성 타격음과 함께 순식간에 유격수와 3루수 사이를 뚫어버린 안타. 그렇게 단 한 점이면 경기를 끝낼 수 있는 상황에서 무사에 주자를 내보낸 팀들의 작전은 동서양을 가릴 것이 없었다. 8번 타자의 번트와 9번 타자의 고의사구. 다시 1번 타자의 번트와 2번 타자의 고의사구. 그렇게 정해진 수순처럼 장군 멍군을 주고받으며 2사 만루의 상황에 이르렀고, 희극과 비극의 모든 가능성은 임호균의 어깨에 달리게 되었다.

결정적인 위기상황에서 상대해야 할 타자는 호주의 3번 타자 마텔. 덩치는 작았지만 호주 팀에서 가장 정교한 타자였다. 홈런이 아니라 단타 한 방이면 충분한 상황에서 만날 수 있는 최악의 상대였다. 1구는 복판을 통과했지만 마텔은 지켜봤다. 역시 같은 팀의 다른 타자들과는 다르게 신중한 면이 있는 상대였다. 이어서 2구와 3구는 모두 낮은 코스를 통과하며 원 스트라이크 투 볼. 그 순간 포수 심재원이 마스크를 벗고 마운드를 향했다.

"힘 빠졌냐?"

"아니… 그건 아닌데… 힘이 안 들어가네."

"그게 그거 아냐."

"그런가?"

"그럼, 그냥 힘 빼고 던져. 억지로 찍어 누르니까 공이 바닥으로 처박히잖아. 타구가 좀 떠도 되니까 신경 쓰지 말고 날려."

물론 흔히 말하는 '힘 빼고 던지는' 것과 손아귀에 '힘이 빠져' 제대로 공을 채지 못하는 것은 완전히 다른 의미였다. 바보가 아닌 이상 심재원의 말을 곧이곧대로 듣고 '아하' 할 수는 없는 일이었다. 하지만 임호균은 마스크를 눌러 쓰며 제자리로 돌아가는 심재원의 뒷모습을 보며 자신도 모르게 웃음이 픽 새나오는 것을 느꼈다.

웃음이란 묘한 힘을 가진 것이다. 펑크 난 타이어처럼 한순간에 에너지를 모두 소진시켜버리기도 하지만, 또 어떤 순간 흩어졌던 힘을 다시 빨아들이는 스펀지의 기능을 하기도 한다. 임호균은 공을 쥔 손에 다시 조금 힘이 걸리는 것을 느꼈다.

주자는 만루. 홈스틸을 감행할 리가 없는 상황이었기에 임호균은 크게 와인드업을 했다. 그리고 던진 공은 바깥쪽 스트라이크존을 스쳐 가는 슬라이더. 하지만 잠시 움찔거리던 주심이 끝내 손을 올리지 않으면서 원 스트라이크 스리 볼. 자칫하면 밀어내기로 점수를 줄 수도 있는 상황에 몰렸지만, 호균은 오히려 자신감을 되찾고 있었다. 주심의 판정과 무관하게 정확히 그가 던지려고 했던 코스로 들어가 박히는 공을 보며 한순간에 흩어졌던 몸과 마음의 전열이 다시 맞추어지는 것을 느꼈기 때문이다.

5구는 안쪽 스트라이크존의 가장 높은 곳에서 가장 낮은 곳으로 떨어지는 커브로 스트라이크. 그리고 6구는 똑같은 코스로 박히는 빠른 공. 삼진. 마텔은 미동도 하지 못한 채 방망이를 떨구었고, 한국팀은 패배의 짙은 수렁에서 다시 한 번 헤어 나올 수 있었다.

결국 승부가 갈린 것은 연장 15회 말이었다. 15회 말, 선두타자 조성옥이 중견수 오른쪽으로 빠지는 2루타를 치고 나가자 이해창을 고의사구로 걸렸고, 장효조가 희생번트로 두 명의 주자들을 2,3루까지 밀어 올리자 호주는 선택의 여지없이 심재원을 또다시 고의사구로 내보냈다. 12회 말에 이어 또 다시 1사 만루의 결정적인 기회. 어우홍 감독은 이번에는 스퀴즈 대신 강공으로 밀고 나갔고, '해결사로 불리던 6번 타자 유두열이 좌익수 쪽으로 뜬공을 띄워 3루 주자를 불러들이며 7대 6으로 길고 길었던 승부에 종지부를 찍었다.

짜릿하다면 짜릿하다고 해야 할 연장 끝내기 승리. 하지만 한국 팀 더그아웃은 풀 죽은 박수소리만이 몇 번 울렸을 뿐, 고요했다. 누군가의 입에서 긴 한숨이 새어나오는 것이 들리긴 했지만 말이다.

18

일본과의 경기는 그 날, 1982년 9월 14일 저녁 7시부터 시작되었다. 그냥 단판의 친선경기라고만 했어도 충분히 치열했을 한국과 일본의 대결이었지만, 7월부터 시작된 일본의 역사교과서 왜곡과 관련된 시비가 길고 깊게 이어지며 여차하면 일장기나 일본 수상의 허수아비가 불태워질 만큼 날카롭던 감정이 덧붙여진 자존심의 대결이었다. 그뿐 아니라 열하루 동안 이어온 성인야구 최고 권위 국제대회의 열전 레이스를 마무리 짓는 최종전이라는 의미까지 덧붙여져 있었고, 물론 무엇보다도 동률로 공동선두를 달리고 있는 두 팀 간의 최종전이었기 때문에 결승전과 다름없는 의미를 가지는 경기였다. 그래서 어떤 면으로 보나 더 이상 치열하고 숙연할 수 없을 운명적인 격돌의 순간이었다.

그 날 이전까지 두 팀은 서로 똑같은 여덟 팀을 상대해 똑같은 일곱 번씩의 승리와 한 번씩의 패배를 기록하고 있었다. 그리고 두 팀에게 각각 1패씩을 선사한 팀이 이탈리아라는 점도 똑같았고, 이탈리아가 그 두 팀에게 얻은 2승을 제외하면 단 한 경기도 이기지 못한 채 2승 8패의 전적으로 대회 일정을 이미 마무리했다는 점까지도 두 팀을 완벽한 대칭의 구도로 보이게 만들고 있었다.

그 사이 공격력 면에서는 일본이 .312의 팀 타율에 22개의 도루를 성공시켜 45점을 뽑아내며 .265의 타율, 12도루, 32득점에 그친 한국을 압도하고 있었다. 하지만 투수 쪽으로 옮겨 보면 무려 0.44라는 무시무시한 팀 평균자책점을 기록한 한국이 2.18의 평범한 기록을 얻은 일본보다 앞서 있었다. 애초에 어우홍 감독의 설계대로 한국은 투수력과 수비력이 안정된 팀의 면모를 보였다. 하지만 1,3,4번에 주로 배치된 베테랑 김재박, 이해창, 장효조를 제외하면 신예들로 구성한 하위타선에서는 한대화만이 3할 이상의 성적을 내고 있을 만큼 잠잠했던 점이 문제였다. 결국 선동열이 뜻밖의 활약을 해준 마운드 쪽과 달리 타선에서의 세대교체는 원활하지 못했다는 뜻이었다.

그래서 언론은 그 날의 대결을 '창과 방패의 대결'로 예상했다. '창의 팀' 일본과 '방패의 팀' 한국. 하지만 최근 3년간 한일전에서 3연승을 이어가고 있던 것을 포함해 5승 1패의 압도적인 우위를 점해왔다는 사실이 덧붙여지고, 일본을 반드시 꺾어달라는 전 국민적인 염원이 선수들에게 눈에 보이지 않는 힘이 될 것이라는 점이 보태지며, 결국 51대 49 정도의 확률로 한국 팀의 우승이 유력할 것이라는 것이 언론의 주된 예상이었다. 물론 고삐 풀린 열정이 횡행하고 조장되던 한편, 이성과 상상력은 말라붙어버렸던 시대의 단면이었다.

하지만 눈치 없이 낙관적인 언론이 어떻게 보고 뭐라고 떠들어 대는지와는 무관하게 한국 대표 팀 선수들의 몸은 만신창이가 되어있었고 마음은 벼랑 끝으로 몰려 있었다. 열흘간 거의 매일 경기를 치러온 어느 팀이나 마찬가지였지만, 특히 전날부터 이어진, 한 점이라도 빼앗기면 그대로 경기를 내주게 될 호주와의 칼끝 같은 연장승부에 당일 오전 내내 매달리느라 신경을 곤두세워야 했던 한국 선수들의 피로도는 상상 이상이었다. 이미 경기가 시작되기 전 연습 때도 전력질주를 할 수 있는 선수가 거의 없을 정도였다. 그리고 적지 않은 나이에도 늘 가장 헌신적인 플레이를 해왔던 이해창, 김재박, 장효조 같은 고참급 야수들은 실수로라도 다른 선수들과 몸이 스칠 때마다 반사적으로 민감하게 미간을 구겨야 할 만큼 온몸에 찰과상과 타박상과 근육통을 품고 있었다.

한편 최동원, 김시진, 오영일, 그리고 임호균까지 넉넉하게만 여겨졌던 잠재적인 지원군들을 하루아침에 모두 잃어버린 채 홀로 일본과의 맞대결에 나서야 하게 된 스무 살 청년 선동열의 심장도 터져나갈 지경으로 쿵쾅거리고 있었다. 미국이나 대만을 상대로 완투를 할 때와는 완전히 다른 상황이었기 때문이다. 미국과의 경기는 '1회만 더 던지자'는 생각으로 매 순간 집중하던 것이 9회까지 이어진 경우였고, 대만과의 경기는 '5회까지만 책임지면 뒤는 형들이 알아서 해주실 것'이라고 느긋하게 마음먹었던 것이 역시 9회까지 이어진 경우였다. 하지만 이번에는 애초에 '내가 무너지면, 뒤에는 아무도 없다'는 절박한 심정과 거대한 책임감으로 나서야 하는 일이었다.

그의 가슴에서 울리는 진동을 가장 먼저 감지한 것은 당연히 최동원, 김시진, 임호균 같은 선배 투수들이었다. 하지만 그 누구도 나서서 선뜻 격려의 말을 건넬 여유도 방법도 없었다. 한편으로는 결국 가장 무거운 짐을 막내에게 떠맡기게 됐다는 자책감에 마음이 무거웠기 때문이고, 그리고 다른 한편으로는 그런 예민한 순간에 섣부른 격려나 위로가 자칫 그 진동을 더 조장할 수도 있음을 그들은 잘 알고 있기 때문이었다.

"자, 번트 사인만 따로 맞춰보자. 모자를 만지면 번트다. 하지만 오른손으로 시작하면 진짜, 왼손으로 시작하면 훼이크. 오케이? 다시 말하지만, 오른손이 진짜고 왼손은 가짜. 지금까지 해왔던 거하고 반대니까, 이거 절대 잊지 말도록."

어우홍 감독의 말에 코치와 선수들이 모두 고개를 끄덕였다. 한 점 안팎의 미세한 차이로 승부가 갈리게 될 가능성이 매우 높은 그 날의 경기를 앞두고 어우홍 감독은 특별히 번트에 관한 작전신호를 맞추는 데 신경을 썼다. 그것은 물론 반드시 이겨야 하는 경기에서 번트의 성공여부가 가지는 의미란 더 곱씹을 필요도 없을 만큼 중요한 것이기 때문이기도 했지만, 특히 불과 몇 시간 전 호주와의 경기 연장 12회 말 1사 만루 상황에서 한대화에게 지시했던 스퀴즈번트가 실패하면서 자칫 잔치가 본격적으로 시작되기도 전에 우승컵을 엎지르는 결과로 이어질 뻔 했던 기억이 생생했기 때문이기도 했다. 그리고 특히 상대가 세밀한 사인 포착과 작전 분석으로는 도저히 따라갈 수 없는 일본이기 때문에, 어우홍 감독은 대회 들어 계속 쓰던 사인을 반대로 뒤집는 특별조치를 단행했던 것이다. 일본이라면 이미 분석 요원을 파견해 한국 팀 경기들을 관찰하고 분석했을 것이고, 번트사인 정도는 읽어낼 준비가 충분히 되어있을 것으로 예상하는 것이 옳았기 때문이다. 물론 사인이 바뀌었는지는 한두 번만 지켜보면 알 수 있는 것이기에, 어우홍 감독은 만일 번트 사인을 내는 상황이 온다면 그것을 단 한 번의 결정구로 활용해서 확실히 상대를 기만해야 할 거라고 마음을 먹고 있었다.

"자, 자. 됐고. 자, 드디어 마지막이다. 일본이다. 오늘은 무조건 이긴다. 만약 이기지 못한다면, 야구장 가운데 나부터 시작해서 다 일렬로 무릎 꿇고 앉아서 관중들이 던지는 소주병 맞고 같이 죽는 거다. 알겠냐?"

"예."

"자. 최대한 집중하고, 나가서, 때려잡자. 파이팅."

"파이팅."

어우홍 감독의 선창을 따라 스물세 명의 선수들과 두 명의 코치가 한데 손을 모아 낮지만 힘 있는 '파이팅' 구호를 외쳤다. 그리고 경기가 시작되었다.

대회 마지막 날, 우승팀을 결정짓는 최종 결전이었고, 그렇게 자신 있다고 생각했던 한일전이었다. 한일전만큼은 누구나 다른 마음가짐으로 임하게 하는 무언가가 있었다. 어우홍 감독 역시 쉰이 넘은 나이가 무색하게, 마치 고교야구팀 감독 같은 패기를 발휘해서 파이팅을 외쳤다.

하지만 선수들은 마치 이탈리아와 맞붙었던 개막전을 치를 때와 거의 똑같은 생경함을 느끼며 경기에 나서고 있었다. 그것은 이해창이나 김재박 같은 백전노장들도 크게 다르지 않았다. 우선 동대문 시절보다도 한층 밝아진 잠실 조명탑의 휘황찬란한 불빛 아래서, 가득 들어 찬 3만 명의 관중이 일방적으로 자신들을 응원하는 가운데 국제경기를 치르는 것은 그들 누구에게나 첫 경험이었기 때문이다. 우선 3만 명이 들어갈 수 있는 야구장 자체가 바로 그 대회를 위해 처음으로 지어진 것이고, 또한 그 정도 규모의 국제대회를 국내에서 치른 것 역시 처음이었기 때문이다.

특히 선동열은 부담감을 완전히 떨쳐내지 못한 채 투수판을 밟고 있었다. 선동열의 공은 어딘가 모르게 둔탁하게 밀려들어왔고, 또 조금씩 목표지점과 다른 곳으로 향하고 있었다. 긴장해서 어깨에 잔뜩 힘이 들어가 있다는 증거였고, 또 호흡이 거칠어 투구동작이 자연스럽게 이루어지지 못하고 있다는 증거였다. 하지만 그 순간 무슨 대책을 내놓을 수 있는 사람은 아무도 없었다. 어우홍 감독도 그랬고 포수 심재원 역시 마찬가지였다. 그 순간 긴장하지 말고 호흡을 부드럽게 하라는 주문은 불에 데인 사람에게 뜨거워하지 말라거나 물에 빠진 사람에게 자연스럽게 숨을 쉬며 헤엄쳐 나오라고 하는 이야기나 다를 게 없었다. 긴장할 만한 상황, 긴장하지 않을 수 없는 상황에서 긴장하는 것은 당연한 일이었고, 문제는 그 긴장을 어떻게 빠르게 헤쳐 나와 극복하느냐의 문제일 뿐이었다. 그 긴장과 제대로 맞서 뭔가 결과를 만들어내기도 전에 누군가가 끼어든다면 선동열의 집중력만 흐트러질 가능성이 컸다. 따라서 투수 스스로 경기에 몰입하며 자신의 페이스대로 긴장과 호흡을 풀어내는 것 말고는 아무런 대책도 있을 수 없었다.

위기는 곧장 2회에 찾아왔다. 주자를 1루에 둔 상황에서 좌익수 유두열이 단타로 처리할 수 있는 짧은 안타성 타구를 직접 노바운드로 잡으려고 무리하게 달려들다가 뒤로 빠뜨리는 큰 실책을 범했던 것이다. 그 사이 1루 주자는 여유 있게 홈을 밟았고, 타자마저 3루까지 진출한 데 이어 후속타자의 희생플라이로 그마저 홈으로 들여보내면서 순식간에 2실점. 경기 초반이었고 큰 점수는 아니었기에 절망할 필요까지는 없었다. 하지만 조금만 더 물러서면 초반 대량실점의 망신으로 이어질 수도 있었다. 선동열이 끝내 긴장감을 극복하지 못하고 무너진다면 그 뒤를 받쳐줄 투수가 없었기 때문이다. 게다가 야수의 실책이 겹치며 초반 실점을 했기 때문에 젊은 투수 선동열이 크게 흔들릴 수 있는 순간이었다. 이제 정말 누군가의 도움이 필요한 순간이었다. 포수 심재원이 마운드로 올라갔다. 심재원은 오히려 결정적인 실책 때문에 벌어진 상황이라는 점이 오히려 다행이라고 생각했다. 마운드에 오르는 행위가 '질책과 불신'이 아닌 '위로와 격려'일 수 있게 됐고, 그것이 선동열을 안정시키는 데 훨씬 편했기 때문이다.

"동열아."

"네."

"너 만났을 때부터, 내 미트 안에만 꽂으라는 얘기 말고는 너한테 한 게 없어. 그치?"

"맞습니다."

"왜 그랬겠냐?"

"…"

선동열은 잠시 말문이 막혔다. 별로 생각해본 적이 없는 질문이었다. 그저 움직이지 않는 미트 안에 정확히 공을 꽂아 넣는다는 것이 너무나 새롭고 어려운 임무였던지라 그 이상을 생각해볼 여유가 없기 때문이기도 했다. 하지만 새삼 생각해보자면 '마음먹은 곳에 공을 던지는 기본도 안 돼 있는 놈이 다른 잔재주 부리려고 해선 안 된다'는 무서운 가르침이었던 것도 같았다. 하지만 뭐라고 답해야 할지 몰랐다. 마운드에서의 대화가 그리 길어지기는 어려웠다. 선동열이 미처 입을 열기 전, 심재원이 곧장 한마디를 던지고 뒤로 돌아 내려갔다. 그리고 그의 무뚝뚝한 뒤통수를 보며 선동열이 헤벌쭉 웃음을 흘렸다.

"너는 딴 건 다 되니까. 그러니까 그냥 미트에 꽂기만 하면 되니까. 알겠냐? 그냥 딴 거 생각하지 말고 내 미트 안에 넣기만 하면, 일본 놈이 문제가 아니고 쿠바 놈들이 와도 니 공은 절대 못 친다. 이거 확실한 얘기니까, 명심하고 던져라. 이제 그냥 나를 벽이라고 생각해. 지금부터 미트 안 움직일지도 모르니까, 공이 빗나가면 패스트볼

(passed ball)[10] 나와서 주자들 다 들어와도 나는 모른다."

10) 투수가 던진 공이 포수 뒤로 빠지는 것. 그 책임이 투수에게 있을 때는 '폭투(wild pitch)'라고 하며 포수의 잘못인 경우는 '패스트볼(passed ball)'이라고 한다. 기록원 이 '포수가 보통 노력으로 잡을 수 있었느냐'를 기준으로 판단하여 기록한다.

19

심재원은 줄곧 직구를 요구했다. 어떻게든 승패가 확연히 갈릴 때
까지는 선동열로 마운드를 끌고 가야만 했고, 그러자면 투구 수도 아
껴야 했지만 우선 선동열의 머릿속을 단순하게 만들어줄 필요가 있
었다. 그리고 원래 이렇게 긴장된 경기에서, 특히나 생각이 복잡한
일본의 타자들을 상대해 이기려면 오히려 황당할 정도로 단순한 승
부가 필요할 수도 있었다. 실제로 오직 스트라이크존 이 구석 저 구
석으로 옮겨 다니는 미트를 향해 단순하게 던져대는 선동열의 담백
한 직구를 일본 타자들은 더 이상 제대로 맞혀내지 못했다. 2회에 2
점을 얻어낸 이후 일본 타자들은 기나긴 무안타 행진을 시작했다.

하지만 문제는 일본의 선발투수 스즈키 역시 선동열 못지않은 괴
력을 발휘하고 있었다는 점이었다. 경기가 시작되고부터 매회 삼자

범퇴를 되풀이하던 한국 타선은 5회 말에 한대화가 첫 안타를 신고했지만 대타 박노준이 병살타로 어렵게 잡은 첫 번째 찬스를 무산시키며 한숨을 쉬게 만들었다. 그리고 6회 말에는 4번 타자 장효조가 정확히 노려 친 타구가 직선으로 투수 스즈키의 가슴팍에 꽂히는 아찔한 장면을 연출하기도 했지만, 스즈키는 몸에 맞고 떨어진 공을 주워 1루로 던져 타자를 잡아내고는 혀를 쑥 내밀어 웃는 여유를 보이기도 했다. 도저히 이길 수 없는 괴물 같은 팀이라는 생각이 번져갔고, 그래서 어떻게 해볼 것이 없다는 절망감이 경기에 대한 집중력마저 망가뜨릴 수 있는 상황이 되어가고 있었다.

8회 말, 절망적인 상황에서 등장한 선두타자는 포수 심재원이었다. 이미 주전 포수로서 그 대회 들어 들쭉날쭉한 마운드를 안정감 있게 끌어가는 최고의 수훈을 세우고 있었다. 그리고 불꽃처럼 폭발하는 방망이는 아니었지만 매 경기마다 결정적인 대목에서 소금 같은 안타를 만들어내 온 그였다. 어쩌면 그 대회 마지막 타석이 될 수도 있을 그 순간 그는 다시 한 번 집중력을 모아 세웠다.

'짧은 거. 짧은 거 하나면 된다.'

7이닝 1피안타라는 표면적인 기록과는 달리 스즈키의 공에 특별한 위력이나 각도가 있는 것은 아니라는 것이 베테랑 포수인 그가 내린 진단이었다. 다만 스즈키는 정확한 제구력을 바탕으로 예리하게 스트라이크존 구석구석을 섭렵하고 있었는데, 두 점을 얼른 따라가야 한다는 조급함에 한국 타자들이 무리하게 힘이 들어간 스윙으로 당겨 치려다보니 배트 중심으로 공을 때리지 못한다는 점이 문제였다. 배트 중심으로 때리지 못한 공은 손으로 무거운 진동을 전하게 되고 그런 왜곡된 경험이 주고받아지고 공유되면서 상대 투수와 공에 '묵직하다'는 공인을 내리게 되면 지레 주눅 든 팀 타선 전체가 한층 맥을 잃게 되는 악순환. 그것을 깨뜨리기 위해 필요한 건 딱 한 개의 가벼운 안타라는 점을 되새기며 심재원은 배트를 짧게 올려 쥐었다. 더구나 기계가 아닌 한 스즈키의 공은 점점 위력을 잃어가고 있을 것이 분명했다. 8회는 강한 선발투수를 무너뜨리기에 딱 적절한 시점이라는 나름의 생각을 곱씹으며 스즈키의 투구동작을 응시했다. 역시 수많은 경기를 뒤집고, 뒤집히고, 또 수많은 기록을 세우고, 깨뜨리며 얻은 베테랑 포수의 감각이었다.

　'딱'

힘을 빼고 가볍게 밀어서 정확히 때려낸 공이 2루 베이스와 유격수 사이를 꿰뚫고 흘러갔다. 마치 토스배팅을 하듯 끝까지 공의 궤적을 추적하며 팔만 가지고 정확히 맞혀서 만들어낸 한없이 가벼운 깃털 같은 안타. 1루에 도착한 심재원은 눈을 질끈 감고 두 주먹을 불끈 쥐며 혼자만의 세리머니를 했다.

'됐어!'

무사 1루의 기회에서 다음 타자는 9번 정구선. 그 대회기간 내내 2루수 자리를 지키며 단 한 개의 실책도 없는 깔끔한 수비로 지난 수년간 국가대표팀 2루를 지켰던 배대웅의 공백이 전혀 느껴지지 않도록 해준 공로자였다. 하지만 실업야구 무대에서 쏠쏠한 강타자로 통하고 있었던 것과 달리 대표 팀에서는 공격력 면에서 만큼은 평소의 실력을 전혀 보여주지 못하고 있었다. 그 대회 들어서 단 2안타, 1할대를 벗어나지 못한 극심한 빈타에 허덕이고 있었다. 마지막일지도 모를 찬스를 반드시 잡아야 했던 어우홍 감독은 정구선에게 미련을 두고 모험을 할 수는 없었다. 어 감독은 김정수를 대타로 투입했다.

고교 시절 1년 선배인 최동원, 김용남 등과 어깨를 나란히 할 정도의 유망한 투수였던 김정수는 고교시절 무리하게 공을 던진 탓에 어깨를 다쳐 뒤늦게 대학 시절부터 타자로 전향한 경우였다. 하지만 타자로서도 곧바로 뛰어난 재능을 과시하며 3학년이던 1981년에는 대학야구 사상 최초의 4경기 연속홈런 기록을 세우기도 한 천재형 선수였다. 뒤늦게 야수로 전업한 탓에 아직 수비가 서툴러 국가대표팀에서 선발요원으로 기용되기는 어려웠지만, 타격에 관한 센스와 힘에 있어서는 어디에 내놓아도 부족할 것이 없는 타자가 김정수였다. 다음 회 수비 때는 다시 그를 대신해 2루수 자리에 넣을 수비요원으로 박영태가 남아있었기 때문에 부담될 것도 없었다.

마침 벤치에서 보기에 그리 특별할 것 없는 공에 연신 헛방망이질만 해대는 동료 선수들을 지켜보며 김정수는 좀이 쑤시던 차였다. 그러다가 그 역시 심재원의 타격을 보며 마음속으로 무릎을 치고 있었다.

'그래. 볼 끝은 없는 공이다. 문제는 코스다. 코너웍이 되는 공을 맞히거나, 아니면 몰리는 공을 때리거나. 둘 중의 하나다.'

맞힐 것인가, 때릴 것인가. 그는 우선 초구를 지켜보며 결정하기로 했다. 두 점 차였지만 무사 1루라는 상황에서 일본 벤치의 머리는 복잡해질 것이 분명했다. 쉽게 승부해오지는 않겠지만 일본 쪽 입장에서는 지나치게 피해가며 동점주자를 쌓아둘 수도 없는 상황이었다.

초구를 기다리는 그에게 벤치의 복잡한 사인이 전해졌다. 모자를 만진 뒤 코와 귀와 턱으로 이어지는 왼손. 훼이크사인. 즉, 강공이었다.

초구는 볼. 몸 쪽 높은 곳으로 솟구치는 듯한 직구. 확실히 번트를 의식한 유인구였다. 그리고 2구 역시 볼. 이번에는 반대로 바깥쪽 낮은 코스의 가장 먼 곳을 살짝 비켜가는 공이었다. 김정수는 이제 마음을 굳혔다.

'노려서 때린다. 코스는 바깥쪽 직구.'

그 순간 초구 때와 거의 같은 사인이, 조금 더 복잡하게 나왔다. 순간 김정수는 나름대로 기지를 발휘해 뭔가 불만스럽다는 듯 씽ㄴ리며 타석에 들어섰다. 사인에 대한 불만. 예전 언젠가 치고 싶은 상황에서 번트 사인을 받았을 때 스스로 짓곤 했던 전형적인 표정을 스스로 흉내 낸 것이었다. 물론 타석에 들어서는 순간부터 일본팀과의 두뇌싸움을 시작하고 주도해가고 있던 김정수의 준비된 애드립이었다.

'설마 경기 막판 두 점 차 상황에서 보내기번트일까? 아니면 치고 달리기? 그것도 아니면 웨이팅?…'

이시이 일본 감독의 머리가 복잡해졌다. 내내 순탄하고 단순했던 경기였기에 갑작스레 일기 시작한 파문이 영 불쾌하고 꺼림칙했다. 하지만 그 순간에 별도의 사인을 내지는 않았다. 한국 팀이 모험을 걸지는 않을 것이라는 판단을 내렸기 때문이다. 다만 적극적인 공격의 타이밍은 아니라고 생각했던 배터리가 카운트를 잡기 위해 직구를 찔러왔고, 그 공이 거의 스트라이크존 한가운데를 통과하려는 순간 김정수의 거침없는 스윙이 돌아갔다.

'됐다!'

바깥쪽에 중심을 둔 채 휘두른 배트 중심에 제대로 걸린 공은 잠실 그라운드를 딱 두 쪽으로 쪼갤 듯 일직선을 그리며 쭉쭉 뻗어나 갔다. 김정수의 손맛 자체는 영락없는 홈런이었다. 일본의 중견수 는 머리 위로 넘어가는 공을 따라 고개를 연신 뒤로 꺾어가며 고통 스런 질주를 거듭했고, 중계방송 캐스터는 '넘어가느냐, 넘어가느 냐'를 외쳐댔다.

결국 공은 중견수의 머리 위를 훌쩍 넘어간 뒤 광활한 잠실야구장 의 중앙 외야 가장 깊숙한 지점에 떨어졌다. 1루 주자 심재원이 2루 와 3루를 거쳐 여유 있게 홈으로 귀환할 수 있는 넉넉한 타구. 그리고 발이 빠르지 못한 타자 김정수 역시 2루까지 여유 있게 서서 들어갈 수 있는 장타. 사실 공을 때리는 순간 직감적으로 '넘어갔다'고 느낀 타구였지만 잠실야구장은 생각보다 넓었고, 특히 공이 날아간 가운 데 쪽의 펜스는 그 중에서도 가장 먼 125m 지점에 서 있었다. 김정 수는 약간 아쉬운 마음에 입맛을 다시면서도 환하게 웃었다.

일본은 곧 선발투수 스즈키를 내리고 구원투수 니시무라를 올렸 다. 그리고 1번 타자 조성옥이 별다른 사인 없이 물 흐르듯 번트를 대 서 김정수를 3루로 보냈다. 이제 꼭 안타가 아니라 외야 플라이, 혹은 어지간한 땅볼 하나만 나와도 동점을 만들 수 있는 상황이었다. 그리 고 다음 타석에 들어선 것은 2번 타자 김재박이었다. 정확하고, 빠르고, 지능적이고 감각적인 데다가 힘까지 겸비한 만능타자. 맡겨도 좋고 작전을 걸어도 그 이상 잘 해낼 이를 찾을 수 없을 최고의 옵션이었다.

볼카운트 1-1의 상황. 김재박의 타석에서 어우홍 감독은 또다시 왼손을 들어 모자를 만졌다. 그리고 김재박과 김정수가 나란히 고개를 끄덕여 사인 접수를 알렸다. 일본 벤치는 그 사인에 대해 확신을 가지지 못했다. 앞서 김정수에게 주어진 것과 거의 같은 사인으로 보였지만, 기만책일 가능성도 충분히 생각할 수 있었다. 우선 사인 자체가 조금 달랐다. 사인 중간에 턱을 만지는 동작도 빠졌고, 마무리하며 손뼉을 치는 횟수도 달랐다. 그리고 이번에는 정말 번트를 해볼 만한 상황이기도 했다. '추격의 한 점을 위한 여건을 만드는' 상황이 아니라 '곧바로 동점을 만드는' 상황이기 때문이었다. 그렇다면 일단은 공을 한 개쯤 빼보는 것이 안전한 방법이긴 했다.

일본 코칭스태프의 번개 같은 사인이 다시 일본 배터리에 전달되었고, 끊어질 듯 당겨진 긴장 속에서 던진 니시무라의 3구를 포수는 일어선 채 받으려 하고 있었다. 하지만 3루 주자 김정수는 오히려 3루 베이스 쪽으로 돌아가는 몸짓을 하고 있었고, 가만히만 있었다면 김재박은 1-2의 유리한 볼카운트에서 혼란에 빠진 일본 배터리를 상대로 노림수를 던질 수가 있을 것이었다. 그리고 계속 일본 벤치의 머리에 혼란을 주려는 어우홍 감독의 작전도 어느 만큼 더 진전될 수 있는 상황이었다.

하지만 그 다음 순간 김재박은 양 팀 벤치를 모두 충격으로 몰아넣는 행동을 하고 말았다. 그는 멀찍이 빼는 니시무라의 3구를 향해 필사적으로 몸을 날렸던 것이다. 완벽한 사인미스. 왼손으로 시작되는 사인은 허위라는 사실을 순간 까맣게 잊어버린 김재박의 엄청난 대실수였다.

하지만 둥근 공과 둥근 배트의 만남이 변화무쌍한 결과를 낳듯, 계산된 플레이와 계산된 플레이 사이에서 벌어진 도저히 계산할 수 없었던 돌발적 사태는 누구도 예상할 수 없었던 결과로 이어졌다. 그렇게 뛰어오르는 탄력과 각도에 묘하게 배트에 빗겨 맞은 타구는 3루쪽 파울라인을 타고 절묘하게 흘러나갔던 것이다. 타구가 워낙 절묘하게 흘렀기에 3루 베이스에 붙어있던 김정수는 그제야 몸을 돌려 홈을 향해 질주하기 시작했고, 이미 때가 늦은 것을 직감한 일본의 3루수가 파울이 되기를 기대하며 하염없이 지켜본 타구는 3루 베이스 근처까지 그대로 페어지역 안에서만 굴러가고 있었다. 그 사이 김재박의 1루 안착. 어이없는 실수는 엉뚱하게도 2대 2 동점이 이루어진

데 이어 1사에 역전주자를 1루에 내보내는 뜻 밖의 성공적인 결과를 낳고 말았다.

패배의 절망감이 갑자기 승리의 희망으로 뒤바뀌어버리는 순간. 3만 관중은 거의 미쳐버릴 것 같은 희열 속에서 열광적인 환호성을 질러대고 있었다. 그리고 그 환호성 속에서 팀 내 최고참인 이해창은 넋이 빠진 니시무라의 밋밋하게 가운데로 몰린 개성 없는 공을 통타해 중견수 앞 안타를 만들어냈고, 발 빠른 김재박은 번개처럼 3루까지 내달리며 또다시 1사 1,3루의 역전찬스를 만들어냈다.

일본은 또다시 투수를 세 번째 투수 세끼네로 교체했고, 다음 타자는 한국팀 최고의 정확성을 자랑하던 4번 타자 장효조였다. 심재원부터 김정수, 김재박, 이해창으로 이어지며 연쇄폭발하던 한국팀 타선에서 장효조라면 역전타, 아니면 최소한 역전의 한 점을 뽑아내는 외야 뜬공 정도는 어렵지 않을 것 같았다.

하지만 장효조가 배트 중심에 정확히 맞혀낸 타구는 2루수의 글러브로 빨려들었고, 2루수는 공을 잡자마자 홈으로 송구해 김재박을 잡아냈다. 이제 상황은 2사 1,2루. 아쉬웠지만 상대 2루수가 그 공을 홈 대신 2루로 던졌다면 병살로 처리되며 공격이 마무리될 수도 있는 상황이었다는 점에서는 다행스러웠다. '한 점이라도 더 내주면 안 된다'는 압박감이 순간적으로 판단력을 흐리고 몸을 굳게 만든 덕이었다.

다음 타자는 한대화였다. 2년 전인 1980년 일본 동경에서 열렸던 세계야구선수권대회에서 아시아를 대표하다던 개최국 일본의 3루수 하라[11]를 누르고 포지션별 올스타에 선정되며 '아시아 최고의 3루수'로 각광받았던 김용희가 프로로 전향함에 따라 국가대표 자리를 물려받은 동국대 4학년생. 물론 대학무대에서 최고의 실력을 인정받고 있었고, 그래서 국가대표로 선발될 만큼의 능력을 가진 선수였음에 틀림이 없었다. 하지만 국가대표팀 내에서만 따진다면 그의 방망이 실력이 상위권이라고 볼 수는 없었고, 어우홍 감독은 그를 대회기간 내내 9번 타순에 기용하고 있었다. 하지만 대만전과 캐나다전에서 의외로 결정적인 순간마다 적시타를 때려내며 찬스를 이어준 그에게서 뭔가 좋은 느낌을 받은 어우홍 감독과 배성서 코치는 그 날 그를 파격적으로 5번에 배치하고 있었고, 마침 승부의 결정적인 고

---

11) 하라 다쓰노리. 도카이대학 부속고교 시절 3년 연속 고시엔 본선에 출전한 기록을 가지고 있으며, 프로팀의 영입제의를 뿌리치고 도카이대학에 진학해 국가대표로 활약했다. 1981년 요미우리 자이언츠에 입단해 신인왕에 올랐으며, 이후 15년간 통산 타율 .279와 382개의 홈런을 기록했다. 은퇴 후에는 요미우리 자이언츠의 감독과 WBC 일본 국가대표팀 감독을 지내기도 했다.

비에서 그에게 기회가 주어지게 됐던 것이다.

한대화의 곁에서는 유두열이 배트 손잡이에 끈끈이를 바르며 혹시 돌아오게 될지 모를 차례를 준비하고 있었다. 늘 5번을 치다가 6번으로 밀려 있던 유두열에게까지 기회가 온다면 만루를 의미하는 것이고, 거기서 무언가를 해낸다면 곧바로 우승을 결정짓는 결승타가 될 수 있었다. 실업무대에서도 비슷한 고비마다 결정적인 한 방을 때려내며 '해결사'라 불렸던 그로서는 생각만 해도 몸이 찌릿찌릿해지는 느낌이었다.

물론 한대화에게도 결승타의 욕망이 없을 리는 없었다. 결정적인 한 방으로 극적인 승리의 주인공이 되고 싶은 것은 모든 선수, 아니 모든 인간의 원초적인 욕망일 수도 있었다. 하지만 한대화는 가슴 속에서 솟아나는 그런 본능적인 욕구를 의식적으로 억누르며 타석을 향했다.

'욕심내면 안 된다. 힘 들어가면 망친다. 내가 아니라도 두열이 형이 끝낼 수 있으니까, 나는 일단 살아 나가기만 하면 된다.'

그리고 애써 웃으며 곁의 유두열에게 진담 섞인 농담을 던졌다.

"저는 포볼 골라서 나가 있을 테니께, 형님이 해결허쇼."

그러자 유두열은 일부러 웃음기 지운 표정으로 배트를 붕붕 휘두르며 농담 섞인 진담을 던졌다.

"쎄게 휘둘러라. 나는 나대로 쏠로 홈런 칠 거니까."

한대화의 얼굴 위에서 웃음이 조금 더 자연스러운 모양으로 변했다.

투 스트라이크 원 볼에서 몸 쪽 직구가 들어왔다. 스트라이크존에 살짝 걸칠 듯 말 듯 한 좋은 공이었다. 고른다고 고른 공이었고, 결국 볼 판정이 나긴 했지만 한대화 역시 가슴께가 서늘해지는 느낌이었다. 그리고 5구 역시 몸 쪽 직구였다. 이번에는 4구보다도 조금 더 스트라이크존으로 접근한 듯한 공이었다. 골라놓고도 한대화는 '혹시나'하는 생각에 심판의 콜에 신경을 집중했지만, 다행히 아무 소리도 들려오지 않았다. 투 스트라이크 스리 볼. 스트라이크로 판정해 삼진을 선언했어도 이상하지 않을 공 두 개가 연속으로 들어왔기에, 다음 공은 조금 더 가운데 쪽으로 몰릴 수밖에 없겠다는 생각이 머리를 스쳐갔다.

'때려야 한다'

두 점을 앞서가다가 기분 나쁜 변칙 번트 안타까지 허용하며 동점을 만들어준 상황에서 다시 2사 이후에 만루를 만들어주고 싶을 투수는 세상에 아무도 없을 것이었다. 그렇다면, 상황은 분명해졌다. 노려야 한다. 때려야 한다.

끈질기게 다섯 개의 공을 지켜본 한대화는 심호흡을 하며 배트를 움켜쥐었다. 그리고 제6구. 일본의 세 번째 투수 세끼네가 한대화에게 던진 여섯 번째 공은 가운데, 그리고 높은 쪽으로 몰린 실투였다. 그리고 그 안타까운 실투는 기다렸다는 듯이 배트를 전력으로 휘두른 한대화의 배트 중심에 제대로 통타당해 까마득히 뻗어나가기 시작했고, 잠실야구장 좌측 폴대의 3분의 2 지점을 때리고 떨어졌다.

홈런. 도저히 이길 수 없을 것만 같던 경기를 단숨에 5대 2로 뒤집는 역전의 스리런 홈런이었다. 6구가 던져지는 순간 스타트를 끊어 이미 3루 베이스를 밟고 선 채 제발 파울라인을 벗어나지만 말아달라고 기도하는 마음으로 공의 궤적을 응시하던 이해창은 어느새 흘러내린 눈물이 땀과 섞여 번들거리는 얼굴로 3루를 돌아 홈으로 들어와 환호했고, 1루에서 출발해 역시 2루 베이스를 한참 지나쳤던 장효조 역시 두 팔을 번쩍 들어 감격을 만끽하며 3루와 홈 플레이트를 차례로 밟았다. 그리고 한대화. 그 날의 가장 화려하고 빛나는 지점에 선 사나이가 묵묵히 다이아몬드를 누비고 홈 플레이트로 귀환했다. 한 발 앞서 홈을 밟은 이해창과 장효조, 그리고 대기타석에서 준비하고 있던 유두열을 시작으로 스물다섯 명의 대표팀 식구들 모두가 달려 나와 한대화를 얼싸안았고, 그 와중에도 한대화는 마지막 다섯 점째를 완성하기 위해 환영객들의 틈을 비집고 기다시피 하며 간신히 홈 플레이트를 밟았다.

3만 관중은 눈물을 흘리며 환호했고, 대한민국 스포츠 역사에서 가장 많은 관중이, 한순간, 가장 뜨겁게 환호하며 얼싸안는 장면이 연출되었다. 물론 TV 수상기 앞에서 숨죽이던 한반도가 동시에 터져 나갈 듯한 환호성으로 휩싸인 것은 물론이었다.

이미 끝난 승부의 9회 초는 말 그대로 청소를 하는 시간이었다. 다시 한 번 마운드에 오른 선동열이 세 타자를 상대로 1회 초에 던졌던 공보다도 더 빨라진 직구로 윽박질렀고, 마지막 타자의 배트 윗등을 맞고 잠실벌 하늘 높이 솟구쳤던 공은 2루수 박영태의 글러브로 빨려들었다. '아, 이 질기고 모질고 지긋지긋한 놈'이라고 외치고 싶기라도 했다는 듯, 박영태가 손으로 꺼내 쥔 우승 결정구를 내야 바닥에 패대기치는 순간, 모든 선수와 임원들이 그라운드로 달려나와 뒤엉키기 시작했다.

그 중심에 선동열과 한대화가 있었고, 선동열과 심재원이 있었고, 한대화와 김재박과 이해창이, 또 최동원과 김시진과 임호균이 엉켜 있었다.

20

잠실야구장의 잔디는 9월 중순이 다 돼서도 선명한 푸른빛을 잃지 않고 있었다. 다만 텅 빈 관중석이 마치 낙엽 다 떨어진 한겨울의 가로수처럼 을씨년스러웠다. 그 텅 빈 잠실의 마운드에 한 사나이가 올라 사방을 둘러보더니, 투수판을 밟고 와인드업을 했다. 한가운데로 날아가 박히는 직구. 하지만 포수가 없는 홈 플레이트 뒤 쪽의 녹색 그물망을 흔든 것은 공이 아닌 가을바람이었다.

"혼자 뭐 그래 폼을 잡고 있어?"

"어, 형 왔어?"

1루 쪽 더그아웃 앞에 검은 색 양복을 챙겨 입은 김재박이 서 있었다. 마운드 위에 서 있는 임호균 역시 검은 신사복 차림이었다. 그리고 김재박의 뒤로 다시 두 사나이가 들어섰다.

"먼저 왔네."

"형님들, 먼저 오셨습니까?"

이해창과 유두열. 모두 세계야구선수권대회가 끝난 일주일 뒤 우승컵을 들고 청와대에 들어가 대통령을 접견하고 훈장을 받던 날 입었던 것과 비슷한 검은 양복 차림이었다. 하지만 그 뒤로 서른 해를 더 보낸 그들의 머리 위에는 하나같이 흰 서리가 내려앉았고, 어깨는 한참 좁아져 있었다.

"호균이는 혼자 저기서 폼 잡고 있네."

이해창이 김재박과 악수를 나눈 뒤 어깨에 손을 올리고 함께 마운드를 향했다.

"그러게요. 지가 뭐 선동열이나 된 거 같은 폼이든데."

김재박이 웃으며 다가와 임호균에게 손을 내밀었다.

"아, 뭐, 기회만 줬으면 내가 선동열 됐지. 일본전에 내보내주기만 했으면 내가 완봉승 한 번 하는 건데 말이야. 내가 그때 자책점 0으로 방어율왕 됐던 건 다들 알잖아."

그러자 유두열이 역시 손을 내밀며 말을 받았다.

"하이고… 내도 마찬가지요. 대화가 안 쳤으면 내가 만루홈런으로 넘기는 긴데. 그 때 그게 아쉬워가 84년도 한국시리즈 때 대화가 넘긴 딱 고 자리로 내가 다시 한 번 쓰리런 홈런 넘다 아입니까."

넷이 함께 웃었다.

"그러고 보니까 잠실야구장도 서른 살이 넘었구나. 이게 그 대회 때문에 지은 건데. 지금은 동대문야구장도 없어졌고, 여기가 명실상부한 한국야구의 메카야. 그치?"
"그 메카에 첫 번째 전설을 우리가 썼으니까, 어디에 우리 이름도 좀 새겨주고 그래야 되는데, 안 그렇십니까?"

이해창이 감회가 새로운 듯 가늘게 눈을 뜨고 말했고, 역시 유두열이 웃으며 받았다.

네 사람은 마운드에서 홈 플레이트로 걸었고, 다시 누가 먼저랄 것도 없이 걸음을 옮겨 1루를 거쳐 우측 펜스와 가운데 펜스를 둘러보고는, 한대화가 결승홈런으로 때렸던 좌측 폴대 앞에 섰다.

"여기네. 그 때 저 중간쯤 맞았지?"

김재박이 입을 열었다.

"아니지, 그보다 더 위지."
"그래, 좀 위쪽이었어. 내가 3루에 딱 서서 보면서 어, 대단하다 했거든."

임호균과 이해창이 역시 고개를 한참 치켜들고 한마디씩 보탰다.

그들은 다시 홈 플레이트를 향해 천천히 걸었다. 홈 플레이트 앞에 서자 이해창이 먼저 홈 플레이트를 밟으며 '홈인'을 했다. 그러자 김재박, 임호균, 유두열이 별 다른 말없이 홈을 밟았다. 마지막에 유두열이 한마디를 던졌고, 다른 셋이 말없이 웃었을 뿐이었다.

"넷이 들어왔네. 내가 마지막에 들어왔으니까 내가 만루홈런 친 거 맞지?"
"허허허."

다시 야구장을 빠져나온 네 사람은 유두열이 운전하는 승용차에 함께 올라 고양시 청아공원으로 향했다. 최동원의 2주기를 맞아 1982년 세계야구선수권대회 대표팀 멤버들이 오랜만에 모이는 날이었다. 스물세 명의 선수들 중 벌써 여섯 명이 세상을 등졌고, 여섯 명의 '보류선수' 중에서도 심재원에 이어 최동원이 유명을 달리했다. 그 날 모인 네 사람은 '마지막 국가대표'가 되기 위해 프로행을 보류한 여섯 명 중에서도 남아있는 마지막 4인이었다.

유두열이 운전하는 차 안에서 네 사람의 화제는 자연스레 장효조, 최동원, 그리고 심재원에 관한 것으로 모였다.

"효조 기일이 딱 지난주 같은 요일이었지? 동원이가 효조하고 딱 일주일 사이에 두고 갔구나. 감독 한 번은 할 줄 알았더니, 그 놈이…."

"성격이 세서. 정치를 못 하니까… 둘 다."

이해창과 유두열이 한마디씩 주고받자, 이번에는 이해창이 심재원 이야기로 화제를 돌렸다.

"뭐 누가 뭐래도 동원이는 동원이, 최동원이니까. 그보다 불쌍한 건 재원이지 뭐. 최동원 대단한 거는 세상 사람들이 다 아는 거지만, 요즘에 심재원이 어떤 선수였는지 아는 애들이 몇이나 되겠어. 사실은 그 우승 일등공신이 재원인데 말이야."

하지만 심재원에 관한 이야기는 심재원의 이야기로 마무리될 수 없었다. 그는 아깝게 사라져간 옛 동료들에 관한 생각들이 하나 하나 풀려나오게 만드는 실마리였다.

"재원이도 재원이고… 정수가 또 얼마나 대단했나. 그 놈의 자식은 재능이 너무 대단해서 실패했지. 프로 와서 처음에 변화구에 잘 적응을 못하니까 다시 투수 한다고 했다가… 그게 또 마음 같이 안 되니까 다시 또 타자 한다고 했다가… 그러다가 끝났지. 거기다가 야구 선수 중에 김정수는 또 왜 그렇게 많아? 이제 와서 야구선수 김정수라고 하면, 다들 해태에서 투수 했던 가을까치 김정수나 알지 한일전 첫 타점 때린 김정수를 누가 알겠냐고."

"진우는 또 어떤데. 진우도 재원이 형만큼은 아니래도 좋은 포수였다고. 내가 삼미에서 개량 같이 뛰었잖아. 대표팀에서는 재원이 형한테도 밀리고, 어색한 1루 수비 하다가 실책 하고 그래가지고 기도 죽고 그래서 그랬지만, 걔가 사실 은근히 공수를 겸비했다고. 나야 뭐 그랬지만, 장명부하고 호흡 맞추면서도 많이 늘었고, 나중엔 정말 괜찮았어. 그 자식… 그 자식도 지금 있으면 뭐 한 자리 했을 텐데…."

김재박과 임호균이 각자 프로에서 한솥밥을 먹었던 김정수와 김진우의 이야기를 꺼냈고, 그러자 이번에는 유두열이 역시 같은 롯데 유니폼을 입었던 조성옥을 떠올렸다. 모두 너무 빨리 먼 길을 떠난, 그래서 이제는 만날 수 없는 이름과 얼굴들이었다.

"재원이, 효조, 동원이, 진우, 성옥이, 정수. 여섯 명… 여섯 명이구나. 보류선수 여섯 명 합쳐서 그 때 대표팀이 스물 세 명이었는데, 그 중에 벌써 여섯 명이 갔어. 거… 참….""

다시 이해창이 하나씩 손가락을 꼽아 보고는 헛기침을 했다. 삼십 년이 흘렀다지만, 가장 나이가 많은 이해창이 이제 갓 환갑을 넘어가고 있을 뿐이었다. 어지간히 바삐 떠난, 야속한 이름들이었다.

"근데 말이야… 동원이 간 날이, 딱 그 날이야. 82년에 일본전 역전승하고 우승했던 날. 9월 14일."
"그런가? 그렇네… 허허. 동원이 이 자식, 그 날 동열이한테 선발 뺏긴 게 그렇게 억울했던 거야? 허허허."

김재박의 말이 네 사람의 가슴 속을 서늘하게 훑고 지나갔다. 이해창의 허한 웃음소리 역시 그 자리를 똑같이 휘감았다. 가을바람처럼.

순간 호균은 선동열이 공 하나 던질 때마다 마운드에서 백스톱까지 왕복 달리기를 하며 진땀을 빼던 날, 심재원과 입씨름을 하던 30

년 전의 훈련장 더그아웃을 떠올렸다.

'재원이 형…, 어이, 심통….'

그리고 말없이 창밖을 내다봤다. 불과 한두 주 전만 해도 불볕에 몸서리치던 창 밖 풍경이 문득 스산해져 있었다. 그리고 쭉 뻗은 자유로 입구의 '임진각'이라는 글씨 옆에 붉은 직선의 화살표가 그려진 표지판이 눈에 들어왔다. 마치 '미트만 보고 던지라'던 심재원의 목소리가 되살아나 '화살표만 보고 달려'라고 익살을 부리는 듯 귓가를 간질였다.

"야, 안 더운데 에어컨 끄자."

두열이 에어컨을 끄자 호균은 창문을 조금 내리고 눈을 지그시 감았다.

마치 1982년 9월 14일 저녁 아홉시 사십 분경의 잠실에서처럼, 온 세상이 아우성치는 듯한 바람 소리가 귓가를 때렸다.

-임호균(1982년 국가대표 투수)

1982년에 프로야구가 출범했다. 야구인들의 오랜 숙원이 풀린 것이었고, 선수들이 오래도록 꿈꾸어왔던 무대가 열린 사건이었다. 하지만 나름대로 정상급의 실력을 가졌다고 평가받고, 또 자부하던 몇몇의 선수들은 그 해 그 무대에 서지 못했다. 같은 해 가을에 최고 권위의 국제 야구대회인 제27회 세계야구선수권대회가 서울에서 열리게 되어 있었기 때문이다. 그리고 프로선수는 국제대회에 출전할 수 없었던 당시의 규정 때문에, 주력선수들이 모두 프로로 전향하게 되면 국가대표팀의 전력이 갑자기 약해질 것을 걱정한 협회와 정부 측에서 국가대표팀 주전급 선수들 몇몇에게 프로전향을 1년간 '보류'해 줄 것을 요구했기 때문이다.

결국 이해창, 심재원, 김재박, 최동원, 유두열, 그리고 나까지 여섯 명의 선수들이 '자의 반, 타의 반'으로 태극마크를 달았다. 태극마크란 늘 영광스럽고 자랑스러운 것이었다. 하지만 그 때는 그 태극마크를 다는 대신 '프로야구 원년 멤버'라는 영예, 그리고 상당한 부와 팬들의 환호 따위를 포기해야 했다는 생각에, 솔직히 싱숭생숭함을 떨칠 수는 없었던 것 같다.

  하지만 그런 갈등과 고민 속에서도 우리 여섯 명은 나라에 꼭 필요한 사람으로 인정받았다는 자부심으로 결국 국가대표라는 임무를 감사하게 받아들였다. 그리고 바로 그럴 수 있었기 때문에 후배 선수들을 이끌고 힘을 합치며 결국 역대 최약체 대표팀이라는 우려 속에서도 일본과의 최종전을 극적인 역전으로 이끌면서 그 대회에서 사상 첫 우승을 이룰 수 있었던 것 같다.

30년의 세월이 흘렀고, 이제 나라를 대표하는 야구선수였다는 사실은 흐릿한 기억 속에만 남아있게 됐다. 프로냐, 국가대표냐를 놓고 하얗게 새우며 고민하던 밤들도 이제는 술자리의 심상한 안주거리로나 남아있다. 하지만 그 시절로 돌아가 내 나라 대한민국으로부터 또다시 '한 번만 더 태극마크를 달고 뛰어달라'는 부탁을 받는다면, 역시 답은 같을 것이다. 큰 돈을 벌고 위대한 기록을 남기고 엄청난 인기를 얻을 기회보다는 그것이 훨씬 드물고 귀한 기회임에 분명할 것이기 때문이다.

　그래서 오랜 시간이 지난 지금도 그때 그 시간을 생각하면 얼마나 감사하고, 얼마나 그립고, 얼마나 자랑스러운지 모른다. 제법 오랜 세월이 흘러 몇 개의 박제화된 이미지들로만 기억되는 그 시절과 사건에 대해 조금 더 파고 들어, 나와 동료들의 가슴 속을 들여다보고 재조명해준 작가에게, 그래서 특별한 고마움을 느낀다.

'마지막 국가대표'라고 스스로 이름 붙이며 서로를 격려하고 응원했던 그 시절과 옛 동료들, 특히 너무 성급하게 다른 세상으로 떠나버린 재원이 형, 효조, 동원이, 또 정수, 진우, 성옥이가 떠오른다. 언제 다 함께 모여서 막걸리 한 잔 하며 추억담이라도 나누고 싶은 생각이 간절해진다.